잘난 척하는 것 같습니다만

나는 가난뱅이랍니다

해설이 있는 시집

잘난 척하는 것
같습니다만
나는 가난뱅이랍니다

야마노구치 바쿠 저

편역/해설 조문주

좋은책

|머리말|

    야마노구치 바쿠의 시를 처음 알게 된 것은 일본의 선주민 문학에 관한 글을 쓰면서였다. 야마노구치 바쿠는 약 100여 년 전 오키나와에서 태어났다. 오키나와의 옛 이름은 '류큐(琉球)'이다. 류큐 왕국은 1869년에 일본 정부가 오키나와 현으로 강제편입할 때까지 독자적인 언어와 문화를 지키고 있었다.

    야먀노구치 바쿠는 본격적인 황민화 교육이 시행되어 류큐어를 비롯해 류큐 문화의 모든 것이 부정되던 시대의 오키나와에서 청소년기를 보내고, 류큐 민족의 민족적 특성이 본토인들에게 차별의 표적이 되었던 1922년부터 동경으로 나와 생활했다. '사람 구함. 단 조선인, 류큐인 사절'이라는 구인광고가 공공연하게 붙어있던 시대였다. 그래서 그의 시에는 편견에 노출된 오키나와 인의 미묘한 의식이 잘 드러나 있다.

    이 책에 수록된 시는 대부분 1923년에서 1940년 사이에 쓴 것이다. 관동대지진의 혼란 속에 많은 조선인과 사회주의자들이 학살당하고, 일본이 군국주의를 표방해 전쟁에 뛰어들었던 시대에 오키나와 출신의 방랑자는 시를 쓰며 풀뿌리처럼 살았다.

    야마노구치 바쿠는 자신과 전쟁, 형제, 가난, 결혼 등에 대해 철저하게 체감한 것만을 적었다. 강한 풍자와 비판을 근저에 두면서도 결코 소리 높여 외치지 않았고, 소중한 것, 지켜야 할 것들을 일상적인 언어로 호소했다. 그는 명료한 비판시를 쓰는 시인은 아니었지만, 사회에 대한 통렬한 비평의 정신도 내면 깊숙이 가지고 있었다.

    야먀노구치 바쿠의 시에는 시대와 인간에 대한 어쩔 수 없는 체념과 절망이 존재하지만, 그것을 자신의 일부로 노래하는 것으로 절망 속에 사는 인간의 생에 대한 자세를 표현하고 있기도 하다. 그래서 그의 시는 읽는 사람의 감정 속에 작은 돌을 던져 파문을 일으킨다.

"진짜인 사람은 그렇게 많지 않아. 나는 사람이고 싶어"

바쿠는 언제나 딸에게 이렇게 말했다고 한다.

지금 세상살이가 힘들다고 생각하는 분들에게, 고난의 시대를 살면서도 자기를 잃어버리지 않고 살았던 오키나와의 시인, 야마노구치 바쿠의 시를 추천해 드린다.

차례

9

편역자 주

이 시집은 1958년에 초판 출판된 『定本山之口貘詩集』의 시를 편역, 해설한 것이다.

시집에는 야마노구치 바쿠의 첫 시집인 『思辨の苑』(1938년)에 수록된 59편의 시와 1940년까지의 12편의 시가 수록되어 있다.

총 71편의 시는 야마노구치 바쿠의 시 세계를 이해하기 쉽도록 창작 순으로 배열하였다. 20대에서 40대까지의 시인의 의식 변화를 느낄 수 있을 것이다.

시 아래의 연도는 시가 처음 발표된 시기(初出)로 창작 시기와는 관계가 없다. 초출이 없는 것은 『思辨の苑』(1938년)에 처음 발표된 것이다.

시의 원어 제목은 현대 가나 철자법을 따르지 않고 원제를 그대로 옮겼다.

시에 나오는 빗금(/)은 행을 바꾸지 않고 띄어 쓴 작가의 의도를 반영하기 위한 것이다. 일본어에는 띄어쓰기가 없다.

시인 야마노구치 바쿠(山之口貘)

　야마노구치 바쿠는 류큐(오키나와의 옛 이름) 출신이라는 것만으로 차별을 받던 시대에 자신만의 시 세계를 구축한 류큐 출신의 시인이다.

　야마노구치 바쿠가 노래한 것은 현실 생활의 소소한 부분이었지만, 그가 보여주는 작은 세계는 어떤 권위에도 흔들림이 없었다. 바쿠가 세상을 떠난 지 60여 년이 지났지만, 사람들은 지금도 그를 친근하게 '바쿠 씨'라고 부르고, 유명한 포크송 가수인 다카다 와타루는 야마노구치 바쿠의 시에 곡을 붙여 노래로 만들었다.

　야마노구치 바쿠의 시가 이렇게 많은 일본인에게 공감을 얻는 이유는 무엇일까? 아마도 그의 시가 인간의 본심을 솔직하게 노래하고, 서민의 애환을 숨기지 않고 드러내고 있기 때문일 것이다.

　시인 야마노구치 바쿠를 처음 만나는 분들을 위해 그의 독특한 인생 여정을 소개한다. 바쿠의 시 대부분이 자신의 삶을 노래한 것이어서 시를 이해하기 위해서는 바쿠의 인생을 알 필요가 있다. 우선 시인의 자기소개를 들어보자.

　저 말입니까?

　이건 정말 잘난 척하는 것 같습니다만

　가난뱅이랍니다 (시 「자기소개」 中)

'가난에 살고 가난에 죽은 시인', '정신의 귀족', '자연인', 바쿠를 가리키는 말은 많지만, '가난'이라는 단어만큼 이 시인에게 어울리는 말은 없다.

야마노구치 바쿠의 본명은 야마노구치 주사부로, 1903년 9월 11일에 오키나와 현 나하 시에서 태어났다. 소년은 시와 그림을 좋아했고, 일본 정부가 시행한 방언패* 제도에 반항할 만큼 자아가 강했다.

화가를 꿈꾸던 주사부로는 중학교를 중퇴하고 상경했지만(1922년, 19세), 고향으로부터의 송금이 끊겨 지인들의 집을 전전하는 생활을 해야만 했다. 아버지의 사업실패가 원인이었다. 관동대지진으로 오키나와로 돌아온 후(1923년)에는 갈 곳이 없어 나하의 해변에서 노숙하게 되고, 이때부터 생활에 뿌리를 둔 시를 쓰기 시작한다. 시인 야마노구치 바쿠가 탄생한 것이다.

2년 후, 바쿠는 그동안 써 놓은 시를 들고 동경으로 올라가 본격적인 방랑생활을 시작했다.

그는 타고난 자유인이었다. 속박당하는 것을 싫어했고 권위와 차별에 반대하는 용기도 가지고 있었다. 그러나 전쟁으로 치닫고 있던 일본에서 오키나와 출신에게 허락된 일은 많지 않았다.

바쿠는 책 도매상, 난방기 만드는 사람, 변소 치는 사람, 화물 배의 일꾼, 톱 뜨는 사람, 여드름약 판매원 등 여러 직업을 전전하면서 방랑생활을 계속했다. 밤에는 공사장의 토관이나 공원의 벤치, 카바레의 보일러실 등 그때그때 임시로 만든 거처에서 생활했고, 첫 상경부터 16년간 다다미 위에서 잠을 잔 적이 거의 없었다. 이런 가난하고 배고픈 생활은 바쿠가 죽을 때까지 계속되었지만, 그는 일생 시 쓰기를 멈추지 않았다.

반골시인이라 불리는 가네코 미쓰하루(金子光晴)는 야마노구치 바쿠의 진가를 처음으로 인정해준 시인이었다. 바쿠는 결혼을 비롯해 여러 가지로 가네코 부부의 도움을 받았고, 가네코 미쓰하루의 추천으로 중앙 잡지에 시도 발표하게 되었다.

결혼한 다음 해에는 첫 시집인 『思辨の苑』(1938년)을 발표하지만 가난한 생활은 여전했다. 직업소개소에 취직해 겨우 생활의 안정을 찾았을 때(1939년), 일본은 전쟁의 소용돌이에 빠져들고 있었다. 딸 이즈미가 태어난 것은 종전 1년 전인 1944년이었다.

전쟁이 끝나자, 바쿠는 시(詩)로 생활을 꾸려가기로 결심하고(1948년), 동경 네리마 구의 6조 다다미방 한 칸을 2개월 계약으로 빌렸다. 그는 죽을 때까지 16년간 이곳에서 살게 된다.

전전, 전후, 많은 문인이 시대의 흐름에 따라 흔들리고 변해갔지만 야마노구치 바쿠는 자신의 세계를 잃지 않았고, 사회 밑바닥에서 인간과 시대를 응시하였다. 고향이 전화에 휩싸이고 미군의 점령을 받았을 때도 시 쓰기를 멈추지 않았다.

59세의 나이로 세상을 떠날 때까지 야마노구치 바쿠가 남긴 시는 197편이다. 그는 한 편의 시를 완성하기 위해 이 삼백 장의 원고용지를 사용하는, 퇴고에 철저한 시인으로 유명했다.

야마노구치 바쿠의 시는 결혼을 경계로 전기와 후기로 나눌 수 있다. 이 책에서는 전기 작품으로 분류되는 71편을 소개한다.

세상의 밑바닥에서 인간을 통찰하고 생활로 체험한 것을 알기 쉬운 문체로 노래한 그의 시는 평범하지만, 깊이가 있고 인간미가 넘친다.

가네코 미쓰하루는 "일본의 진짜 시는 야마노구치 바쿠 같은 사람들에게서 시작된다"고 예언했다. 가네코의 말대로 야마노구치 바쿠의 시는 세계 각국에서 번역되고 있고 일본의 국어 교과서에도 수록되어 있다.

*류큐어를 사용한 학생들의 목에 걸어 수치심을 느끼게 한 나무판

잘난 척하는 것 같습니다만

나는 가난뱅이랍니다

넝마주이 이야기 ものもらひの話

집들의
집들의 대문을 들여다보며 걸을 때마다
넝마주이여 거리에 은인(恩人)들이 많이 늘어났습니다

은인들만 매달고 다녀
교통에 방해가 되었지요
좁은 거리에서는 살 수가 없어졌습니다

어느 날
항구 하늘의
출항 깃발을 바라보고
한숨을 쉬며 넝마주이가 말했습니다
나는 게으름뱅이/ 라고 말했습니다

(1929년 9월)

22살 때 야마노구치 바쿠라는 필명으로 쓴 최초의 작품으로, 시인 야마노구치 바쿠의 출발점이 된 시이다. 동시대의 시와는 확연히 다른 스타일로, 바쿠만의 독특한 문체가 특징이다.

바쿠는 1924년 여름, 시 원고만 들고 상경해 1939년까지 방랑 생활을 하며 지냈다. 바쿠의 첫 시집에 서시(序詩)를 적어준 소설가 사토 하루오(佐藤春夫)는 바쿠가 가지고 온 시를 읽고 '가지를 울리고 지나가는 바람처럼 자연스럽다'고 평했다.

시에 등장하는'넝마주이'는 낡고 해져서 입지 못하게 된 옷이나 천 조각, 헌 종이, 빈 병 등 돈이 될 만한 것을 줍는 사람을 말하는데, 당시에는 실업자들이 쉽게 구할 수 있는 일거리로 인기가 있었다.

동물원　動物園

항구에서 기어오르는 저녁노을을 바라보는 밤새들

툇마루에 앉아
처마 끝을 보며 도마뱀 울음소리에 웃는 바보들

날씨라도 걱정하듯
생활의 원경(遠景)을 바라보는 시적인 범인(凡人)들

추를 매단 것처럼 조용히 앉아서
술에 젖어 번득이는 입술에 넋이 빠져 쳐다보는 가축들

나는/ 내 고향을 배회하고 있었던가
신변의 구질구질한 향수(鄕愁)를 뿌리치면서
동물원 출구로 접어든다

바쿠가 태어나고 자란 오키나와에 대해 쓴 시이다. 자신의 고향을 동물원에 비유한 시인은 드물지 않을까? 오키나와 사람인 것만으로 차별받는 현실을 알게 된 청년의 고향에 대한 절망감이 '구질구질한 향수'로 묘사되어 있다. '동물원 출구'는 '밤새, 도마뱀, 바보들'이 있는 섬, 오키나와에서 나가는 곳으로서의 항구를 암시하고 있다.

맑은 하늘 晴天

그 남자는
문 여는 소리를 내고 웃으며
우리 집에 놀러 와
하고 말했다

나도 또 생각하고 생각해서
동경 말을 주웠다
네 집은 어디니?

조금 비음이 섞인 그 발음이 마음에 들어서
*곤란하군*의 *하군* 등
미처 못 주운 것 같은 기분마저 들어서
화창하게 갠 하늘을 올려다보며
잠시 동안 빛나는 언어의 거리에 우두커니 서 있었다

(1936년 8월)

23

다시 동경으로 상경했을 때 적은 시이다. 오키나와 출신인 바쿠에게는 동경의 말이 오키나와에서 배운 일본어와는 다르게 들렸을 것이다. 동경의 일상 언어를 멀리서 바라보고 있을 수밖에 없었던 시인의 모습이 떠오른다. 시인은 동경식 일본어로 들린 부분을 가타카나로 표시해 자신이 느낀 위화감을 나타내고 있다. 오키나와 사람의 본토어에 대한 열등감은 극복하기 어려운 것이었다. 바쿠의 일본어에 관한 일화를 소개한다.

　「같은 오키나와 출신의 옛날부터 알던 사람을 만났는데, 그는 나에게 '당신 방송을 들었습니다'라고 하고는 '그러나 당신의 일본어는 너무 심해요. 오키나와 식 일본어가 그대로 나오잖아요'하고 말하는 것이었다. 또 시작인가 싶어 웃으며 '당신 일본어도 마찬가지지 않나요'라고 역습을 하니 그도 그냥 웃어버렸다. 비슷한 일이 동향 사람들 사이에는 종종 있었다. 서로 오키나와 식 일본어라고 말하며 깎아내리는 식이다.」(「おきなわやまとぐち」)

산보 스케치 散歩スケッチ

솜털 같은 수풀 속에
웅크리고 앉아있는 남자와 여자

벤치 위에 남자와 여자

여기저기에 남자와 여자
세상에나
남자와 여자가 유행하는 계절인 거야

친구야
우리는

자네 역시 남자고
나도 공교롭게 남자구나

하늘 天

풀밭에 드러누워 있었더니
눈 아래로 하늘이 깊다

바람
구름
태양
유명한 것들이 사는 세계

하늘은 파랗고 깊구나
내려다보고 있으니
몸이 떨어질 것 같아 무섭군
나는 초목(草木)의 뿌리인 양
흙 속에 기어들어가고 싶어진다

(1937년 1월)

풀밭에 누워서 하늘을 보고 있다고 생각했더니 어느샌가 하늘 위에서 하늘을 내려다보고 있어 추락할 것 같은 불안한 기분이 든다는 시이다. 초현실주의 그림을 보는 것 같은 환상적인 이미지가 바쿠의 정신적인 위기를 상징하고 있는 것처럼 보인다. 타향살이의 불안과 고독을 느낄 수 있다.

말뚝 杭

한 마리 도마뱀이 말뚝의 정점(頂点)에 있군
작은 삼각형 머리로 하늘을 쿡쿡 찌르고 있네
따끈따끈 부풀어 오른 파란 하늘
나는 흙 속에서 돋아난 것처럼
말뚝과 나란히 서 있지
나의 정점까지 기어 올라온 놈은
한 마리 작은 계절/ 슬픈 봄
녀석은 도마뱀을 보러 온 척하며
그곳에서 연기처럼 몸을 비틀고 있네

(1938년 8월)

　말뚝의 정점에 있는 도마뱀은 작가의 고향인 오키나와를 연상시킨
다. 말뚝과 나란히 서 있는 나를 기어 올라오는 놈은 작가의 고향에
대한 향수(郷愁)가 아닐까? 시인은 고향에 대한 애증(愛憎)으로 향수
속에 몸을 비틀고 있다. 그래서 계절은 즐거운 봄이 아니라 슬픈 봄
이다.

구혼 광고 求婚の広告

하루라도 빨리 결혼하고 싶습니다

결혼만 하면

나는 남들보다 배로 오래 살고 싶어지겠지요

그렇게 나는 재미있는 남자구나 하고 나도 생각합니다

나를 남편 삼고 싶어서

감상적이 된 여자가 그쪽에는 없습니까

보이지도 않는 바람을 보는 것처럼

어떤 여자가 당신인지는 모르지만

당신을

나는 애타게 기다리고 있습니다

결혼하고 싶은 마음을 이렇게도 솔직하게 드러낼 수 있는 건가! 바쿠는 자신의 바람을 세련되고 당당하게 노래하고 있다. 결혼하면 적어도 부랑자 생활은 그만둘 수 있을 것으로 생각했던 것 같다. 이미 서른을 넘긴 시인에게 결혼은 시집을 내는 일 만큼이나 인생 최대의 복표였다. 바쿠는 이 시를 쓴 후인 1937년 가을에 초등학교 교장 선생님의 딸과 맞선을 보고 30분 만에 결혼을 결정한다.

만약에 여자를 잡는다면 もしも女を摑んだら

만약에 여자를 잡는다면
마루 빌딩 옥상과 굴뚝 꼭대기 같은 높은 위치로 기어 올라가
큰소리를 지르고 싶구나

잡았다
잡았다
잡았다아/ 라고 소리치고 싶구나

잡은 여자가 지칠 때까지 세차게 흔들어
거리의 옆얼굴에 던져주고 싶구나
나도 여자를 잡을 수 있잖아 라는
딱 그만큼의
남들이 하는 만큼이긴 하지만

바쿠의 시의 근저에는 동경이라는 도시가 나타내는 '근대'와 '문명'에 대한 비판이 있다. 바쿠는 도시에 사는 사람의 세련된 구애가 아니라, 극히 원시적인 방법으로 가지고 싶다고 말하고 결혼을 생각한다. 마루 빌딩은 동경 역 앞에 있는 건물로 1923년에 준공되었다.

교회 처녀 教會の處女

금욕을 하면 욕망은 가슴에 쌓이는지
목구멍까지 가득 욕망이 걸려있는 것 같이

괴로워 보이는
마리아입니다
그렇지만 그녀는 매일 기도하고 있어요
신의 은총으로 어쩌고저쩌고하며 계속 기도하고 있어요
어떤 기도를 드리는 건지
그녀의 주위에서 피어오르는
소문에 의하면
어떤 남자와 어떤 여자가 어느 곳에서 그랬다/ 고 하는군요
물론 그 여자에게 남편이 있을 리 있겠어요/ 라고 하는군요

바람에 임신한 마리아를 생각해서
바람은 그녀에게도 불어온 거겠지요

(1935년 1월)

뒤숭숭한 봄날 春愁

아줌마

아줌마의 아저씨는 덕을 봤어요

아침에는

나도 아저씨처럼 잠이 모자라는 눈을 해보고 싶어요

아저씨가 아줌마에게 하는 것 같은 일을 해보고 싶어요

나방처럼

둔중한 날갯소리를 내어보고 싶어요

아저씨의

아줌마여

아줌마의

아저씨는 뭐니뭐니해도 덕을 봤어요

　윗집 부부의 부부생활을 '나방의 둔중한 날갯소리'로, 그것을 듣는
자신의 심경을 '뒤숭숭하다'고 표현하고 있다. 결혼 생활을 부러워하
는 시인의 모습에 저절로 웃음이 난다. 이 시를 좋아했던 시인 쓰지
유키오(辻征夫, 1939~2000)는 이런 시를 적을 수만 있으면 좋겠다고
한탄했다고 한다.

현금 現金

누가
여자라는 물건은 바보라고 퍼트리고 있었다
그런 멍청한 일은 없는데
나는 완전히 반대야
두 손 들어 반대지
얹혀살고 있어도 그것만은 절대 반대지
그러니까
여자여
살짝 이쪽으로 돌아와서
내 아내가 되어주지 않겠소

　아내가 되어줄 여자를 기다리는 구혼의 시이다. 여자는 바보다→나는 완전히 반대→두 손 들어 반대→절대 반대→그러니까 결혼해달라는 엉뚱한 전개는 바쿠의 시의 특징이기도 하다.
　「바쿠 군의 시의 재미는 (굳이, 역설이라고 하지 않겠다) 흥미로운 사고방식이다. 바쿠 군은 길을 바로 걷지 않는다. 이상한 열쇠를 열고, 완전히 다른 길로 나간다. 그것이 그의 방법이다.」(가네코 미쓰하루, 『사변의 원 思弁の苑』序)

머리말 端書

옛날에
나의 연인이었던 당신에 대해서
당신이 그 사람과 잔다는 것에 대해서
나는 오늘도 생각합니다
생각하는 것만으로도 더울 것 같던 대만이
지금은 생각할수록
견딜 수 없이 덥게

　옛 연인이 대만에서 다른 남자와 살고 있다는 이야기를 듣고 나서
적은 시이다. 편지를 써보려고 앉았지만 생각할수록 화가 나서 더 쓸
수가 없었다. 그래서 사랑도 시도 미완성이 되어 버렸다.

좌담 座談

1
어느 날 밤
아니 매일 밤
저 소녀가
건너편에 앉아있는 남자를 좋아하는 것 같은 눈을 해서
나는 멍청하게 있습니다

2
건너편 남자는 배우라고 합니다
이쪽에 앉아있는 나는 시인이라고 합니다
어느 쪽이 소녀를 사랑하고 있느냐
시인인 나라고 말할 수밖에 없군요

배우는 오래 앉아있어서 꼴불견입니다
생각해보니 시인도 엉덩이가 무겁네요
어느 쪽이 소녀를 사랑할 수 있겠는가 하는 상황이 된다면
나는 뛰어나가
소녀의 목덜미를 잡아채 올 작정입니다

3

소녀는 왼쪽 눈꺼풀 위에 작은 사마귀가 있지
목욕 갔다 오다가/ 그냥 사마귀에 손을 대어봤더니 피가 났어 하고
소녀는 말했지
이건 사랑 이야기인 거야
아아 이 소녀야
만약에 내 아내가 된다면
사모님이 아니라 아줌마가 되겠지만
그건 아내가 되면 금방 알게 될 일이야
익숙해질 거야

4

어제의 이야기로는
소녀에게 약혼자가 있다고 합니다
그게 내가 아닌 걸 보면
저 배우가 그런 건가
멍청하게 있는 동안
내 턱밑을
밤은 몇 번이나 몇 번이나 지나간 것 같습니다

5

무릎 위에는 지저분한 이력서가 있지

구니코라는 게 그 소녀의 이름이야

구니코는 찻집의 여급이었어

그전의

미쓰코는 초등학교 교사였고

그 앞의

다에코도 초등학교 교사였었지

였었던 거지만

였었던 일만 내 눈앞에 떠오르고 있구나

　

1, 2장에서는 시인인 '나'가 배우인 '남자'와 비교당해 멍청하게 있다. 3장에서는 '소녀'와 결혼할 미래를 상상하지만, 4장에서 소녀에게 '약혼자'가 있는 것을 알게 된다. 5장에서는 과거에 이별한 여성들의 이력을 말하고 있는데, '소녀'도 그 '지저분한 이력서' 안에 들어있다.

1, 2, 4장은 경어체를 사용했다. 구니코라는 소녀와의 이야기를 독자에게 '고백'하는 형식이다. 평어체로 쓴 3, 5장은 구니코와 결혼한 미래에 대한 상상과 과거에 있었던 비련의 회상, 즉 기대와 낙담의 '독백'이라 볼 수 있다.

입술 같은 양심 唇のやうな良心

죽는다 죽는다고 입에 담는

그런 남자들은 죽지도 못하는 놈들이라서

나에게까지

말뿐이잖아 하고 말씀하시니

나는 죽고 싶어지는 거요

당신의 눈은 불단(佛壇)처럼 어둡군

경시(軽視) 경시라 하며 내가 당신의 시선을 막고 있기만 해서

당신을 사랑할 틈이 거의 없어서 슬픈 거요

앞치마 주머니에서/ 성냥을 꺼내는 당신의 손가락을 봤을 때부터였
지

나는 내 양심이/ 혹시 입술 같은 모양을 한 건 아닌지 그것이 슬플 뿐
이요

그래서

사랑해 사랑해라고 내가 말하는데도

거짓말 거짓말이라고 말씀하시는 게 너무 솔직해서 슬픈 거요

(1929년 8월)

맹아　萌芽

빈집처럼 텅 비어있는 밤이다
누군가 그곳에 있어
이건 있느냐? / 하듯
새끼손가락을 내게 보여주는 상대가 있다면
없어/ 하고 즉답할 수 있는 자신(自信)이 있어 내 가슴은 벅차오른다
나는 게처럼 눈을 부루퉁하게 만들고 밤새 새끼손가락의 동의어를
상상한다
공설시장에서 파를 가리키고 있던 그 여자
쫓아가서 힐끔 곁눈질했던 그 여자
여자와 여자를
또는 여자를 떠올리면서
나는 상상한다
이번에는 꼭 여자를 발견하면 바로
그 자리에서 무릎 꿇고 한 마디 바치고 싶구나
여인이시여/ 라고

여인을 기다리는 구혼의 시이다. '여인이시여'라고 기도하듯이 여자를 부르는 바쿠의 태도는 열정적이다. 바쿠에게 여자는 단순히 성적인 존재가 아니라 '굶주림'에서 해방해 줄 존재로서의 의미를 가졌다.

비와 이발소 雨と床屋

빗줄기가 콩 껍질처럼 튀고 있다
바리캉 소리는 물처럼 무색(無色)이구나
머리들이 채소처럼 파래지는군
새끼 염소같이
갸름한 아래턱을 가진 예기(藝妓)도 있네
어쩌면 이리도 비가 내릴까
청결(淸潔)들이 낙심해서
교대로 하품을 하네

(1937년 6월)

　　前期의 시로는 보기 드물게 여성에 대한 이야기도, 방랑 생활을 나
타내는 단어도 없는 시이다. 일상적으로 사용하는 평범한 언어들이
지만, 바쿠의 손을 거쳐서 유머 넘치는 시어(詩語)가 되었다.
　　시인 쓰보이 시게지(壷井繁治, 1897-1975)는『現代の詩、鑑賞と批
評』에서 "소화(昭和)기의 시인 중에 야마노구치 바쿠만큼 생활의 중
심에 시를 가져다 놓고 장인(匠人)처럼 시의 언어를 연마한 시인은
드물다"고 평했다.

오도 가도 못함 立ち往生

잠을 잘 수가 없다
흙 위에 책상다리를 하고 앉아있다
지구 표면에서 튀어나와 있는 것은 나 하나뿐
아무리 그렇더라도 사람은 이렇게 혼자만 있다 보면
자신의 가랑이 사이에
아련히 밝아오는 관목 같은 것을 느끼는 거다
그곳에 어슴푸레 생명력이 불타오른다
생명력이 불타오르니
힘을 쓸 곳이 간절하게 그리워지는 거다
여인이여/ 그렇게 진지한 얼굴을 하지 마오라고 말하고 싶어지는 거
다
어둠 속에 머리를 드러내고 있으면
건강이 묵직해져서
조금씩 지구를 기울어지게 하는 것을 느끼는 거다

(1934년 11월)

부랑자 생활을 노래한 시로, 흙 위에서 잠들지 못하는 바쿠의 고독하고 불안한 마음을 읽을 수 있다. 당시의 가난은 지금보다 훨씬 심한 것이었다. 일자리를 찾으러 도시로 들어온 노동자들은 거리에서 노숙하는 경우가 많았는데, 바쿠는 흙 위의 삶에 좀처럼 정착하지 못했다. 다른 노동자들과 달리 현실을 받아들이지 못하는 자신을 마치 지구 안의 이물질인 것처럼 느껴 '지구 표면에 튀어나와 있는 것은 나 하나뿐' 이라고 표현한 것이다.

자기 소개 自己紹介

여기에 모인 여러분들
아까부터 여러분들의 위치에 대해 생각하는 동안에
생각하고 있는 제 모습을 보고 저는 깨달았습니다

저 말입니까?
이건 정말 잘난 척하는 것 같습니다만
가난뱅이랍니다

　다른 사람의 눈에 비친 자신의 모습을 시인은 '잘난 척'하면서 이야
기한다. '여러분들'이라는 단어를 사용해 격식을 차린 말투로 주위를
환기한 다음, 무엇을 말할지 기다리고 있는 사람들에게 불쑥 자신은
'가난뱅이'라고 말하고 있다.
　가난하지만 가난에 비굴하지 않은 젊은 바쿠의 모습을 띠올리세 하
는 멋진 자기소개이다.

식인종 食人種

씹어 먹었지
아버지를 먹었고
사람들을 먹었지
친구들을 먹었지
친한 친구를 먹었지
친한 친구가 절교하네
친구들이 면회를 거절하고
사람들이 보이지 않게 되네
아버지는 저 멀리에 우두커니 앉아있겠지
거리의 기와지붕 건너편
살짝 우울해진 여수(旅愁)를 바라보며
나는
인정(人情)을 씹는 맛을 되새김질하지

바쿠의 먹는 대상은 음식이 아니라 사람이다. 바쿠의 시에 나오는 '먹었다'는 '빌렸다, 신세를 졌다'로 바꿔 이해할 수 있다. 시인은 사람들이 멀어져가는 상황을 '보이지 않게 되었다'고 표현한다. 바쿠는 자신이 사람들을 '먹고 산' 것에 대해 다음과 같이 말했다.

「생각해보니 단순히 뻔뻔스러운 것만으로 그렇게 신세를 질 수는 없는 일이고, 남들이 악인이라고 생각하는 사람들에게는 절대 불가능한 일이지. 말하자면, 나라는 인간은 자신의 선량함과 온순함을 이용해 의외로 뻔뻔하게 사는 부분이 있었던 거 아닐까.」(「貘という犬」)

거울 鏡

거울 안의 그를 향해

남은 밥이라도 있으면 나에게 한입만/ 이라고 말하고 싶은 나입니다
만

수염을 깎으시게/ 라고 그는 말합니다

청결은 청결입니다만

안타까운 청결입니다

나는/ 하고 나는 말을 꺼내다 말고

나도 수염을 깎아야지/ 하고 말해버렸지만

하고 싶은 말이 하고 싶어서

국자로 양동이의 물을 떠 마십니다

(1936년 10월)

    거울 속의 그와 대화하는 나는 수염을 깎으라는 그의 충고에 한 번
은 동조하지만 결국은 청결함을 '안타깝게' 생각한다.
    이 시에는 세 명의 바쿠가 있다. 거울 속에 있는 배고픔을 모르는 바
쿠, 거울 밖에 있는 배고픈 바쿠, 그리고 두 명의 바쿠를 보며 시를 적
는 시인 바쿠. 이렇게 바쿠의 시는 거울 속의 세계와 현실의 세계가
교차하는 곳에 존재한다.

귀찮음 大儀

발이 걸리면 넘어진 채로 있고 싶은 거다
이야기도 목 상태를 봐가며 하고 싶은 거다
또
오랜만에 만나는 친구든 자주 보는 친구든 누구든 간에
만나면 바로
작별인사를 먼저 해 두고 싶은 거다
혹은
먹고 난 뒤에/ 입을 닦지 않고 멍하게 있고 싶은 거다
전부
생각만으로 처리해버리고/ 이불을 뒤집어쓰고/ 가라앉아 있고 싶은
거다
바꿔 말하자면
하늘이라도 덮어쓰고/ 옆에는 바다라도 펼쳐두고/ 인생인가 뭔가 하
는 걸 엉덩이에 깔고/ 무릎을 감싸 안고 그 위에 턱을 올리고 등을
말고 웅크리고 있고 싶은 거다

(1936년 6월)

사람들이 말하는 대의 명분이 있는 삶, 멋진 삶을 외면하고 반대로 해보고 싶은 심정을 노래한 시이다. 시인은 생에 대한 감동에 대해서는 조금도 말하지 않는다. 시에는 자신의 존재 전체를 가라앉히려고 하는 귀찮은 마음만 표현되어 있을 뿐이다. '~거다'로 반복되는 문장은 시인이 시 쓰는 것 자체도 귀찮아 하는 것 같은 느낌을 준다.

　솔직히 가끔 이런 마음이 들지 않는가? '하늘을 덮어쓰고, 바다를 펼쳐두고, 인생을 깔고 멍하게' 있어보고 싶지 않은가?

논지 論旨

철저히 해/ 라고 내게 말해봤자
철저하게 할 정도라면
나는 부랑자 따위에게 철저해지고 싶지는 않아

돈이 없어 곤란해/ 하고 내게 이야기해봤자
돈이 없으면 당연히 곤란하지
그게 나보다도 곤란하다고 내게 말해봤자
나보다도 곤란해서는
그야말로 이야기가 곤란하지

요컨대 이 남자
얼마나 나를 무서워할까
이야기를 보지 않고 나만 자꾸 쳐다보고 있으면
어디 두고 보자
돈을 달라고 할 거니까

바쿠가 정말 곤란해 하는 것 같아 재미있다. 바쿠의 직업은 시인이며 사는 곳은 흙 위였다. 철저하지 못해 부랑 생활을 하게 된 것도 아닌데 철저히 하라고 하고, 그런 자신보다 더 돈이 없어 곤란하다고 하니 할 말이 없는 거다.

생활의 무늬　生活の柄

걷다가 지쳐서
밤하늘과 땅의 빈틈으로 기어들어가 잤다
풀에 파묻혀 잔 거다
아무 데서나 잔 거다
잔 거긴 하지만
잠들 수 있었던 것이기도 했나!
요즘은 잠을 잘 수가 없다
땅을 깔고는 잘 수가 없다
밤하늘 아래에서는 잘 수가 없다
누가 깨우는 데서는 잘 수가 없다
생활의 무늬가 너무 여름용인가!
잠들었다 싶으면 냉기가 비웃어서
가을에는/ 부랑자인 채로는 잘 수가 없다

　(1935년 1월)

바쿠는 오키나와에서 상경한 후 16년간 노숙을 했다. 당시의 동경에는 지식인 실업자들이 많았는데, 그들은 룸펜이라고 불렸다. 바쿠는 자신의 룸펜 생활을 생활의 무늬로 표현한다. 자신의 무늬는 여름용이라 겨울이 되면 추워서 잘 수가 없다니! 이렇게 바쿠의 시에는 유머와 페이소스가 버무려져 있다. 시인 이바라기 노리코(茨木のり子)는 바쿠에 대해 '정신의 귀족'이라고 했다. (『貘さんがゆく』, 1999) 이바라기가 말하는 정신의 귀족이란 금전적인 빈곤에 굴하지 않는 바쿠의 정신의 풍요로움을 가리키는 것 같다.

야경 夜景

저 부랑자의 잠든 모습은
마치 지구를 부둥켜안은 것 같네 하고 생각했더니

내 발목이 아프기 시작했다
내려다봤더니 지구가 매달려 있구나

    웅대하고 유쾌하고 환상적인 시이다. 이 시에는 지구에 달라붙어 있는 것처럼 보이는 부랑자와 그들 쪽으로 들어가지 못하고 떨어진 곳에서 바라보고 있는 나(바쿠), 그런 나의 발에 매달린 지구가 등장한다. 지구 위에 서 있는 게 아니라 지구가 발에 매달려 있다니, 바쿠는 어디에 서 있는 걸까? 이런 바쿠의 독특한 공간 감각에 대해 시인 야마모토 타로는 다음과 같이 이야기했다.
    「땅과 지구가 이렇게 구체성을 가질 수 있는 이유 중 하나는 바쿠의 우주감각의 질에 있는 것 같다. 그곳에 우두커니 바쿠가 있는 풍경, 마치 생떼쥐페리의 어린 왕자처럼.」(「鏡の原理」,『山之口貘全集第一巻』)

무제 無題

물론 이유가 있긴 하겠지만 어쨌든 간에
사람들이 나를 싫어하기 시작한 것 같아서 나는 얌전히 당해주었다
당해주면서도 조금은 부끄러워져서
나도 모르게/ 살아보자고 결심을 했었다
난방기 만드는 사람이 된 거다
고정대가 있고 철관이 있네
풀무도 있네/ 운반 집게도 있네/ 나사 자르는 기계도 있네
중량만 무거워지는 일터이군
드디어 나는 살아있는 건가
철관을 둘러메니 내 속에는 우두둑우두둑 소리를 내는 등뼈가 있구
나
힘을 짜내니 눈물이 나오는구나
절삭기로 철관에서 나사를 잘라내기 때문일까
내 심리 안에 관성의 법칙이 숨어있는 것처럼
이것저것 모두 다 끊어 내고 싶어지네
눈에 띄는 것은 뭐든 한 번은 짊어지고 싶어진다
결국 나는/ 내 체중마저 짊어진 것인가
밤을 붙잡아 한데 모으고 싶구나

밤의 잠 속에 체중을 던져 버리고 싶구나

(1957년 11월)

　난방기 만드는 사람이란 건물에 난방기구(라디에이터)를 설치하고 증기 보일러등을 이용해 난방을 하는 업자를 말한다. 불을 사용하는 가혹한 노동으로, 당시에는 모든 과정이 수작업이었다. 바쿠는 1929년(26세)부터 다음 해까지 난방기구 배관 공사를 하는 일을 했는데, 그때 '관성의 법칙 같은 것이 인간 심리 속에도 있다'고 느껴 「무제」라는 시를 만들었다고 한다. (「私の靑年時代」)
　바쿠가 느낀 것처럼 관성의 법칙은 물리법칙 이상으로 우리 생활에 가까이 있다. 사람들은 대개 자신의 습관이나 버릇을 쉬 바꾸지 못하는데, 이를 두고 우리는 흔히 관성적이라고도 표현한다. 바쿠는 습관에 따라 행동하기는 쉬워도 굳어진 습관을 깨고 다른 행동을 하기란 지극히 어렵다는 것을 '내 심리 안에 관성의 법칙이 숨어있다'고 표현했다.

피곤한 일기   疲れた日記

비오는 날
맑은 날
흐린 날
대부분의 하늘 밑은 구부리고 빠져나가지요
거리를 걸으며 뭐라도 줍기를 기대하는 탓인지
나는 고양이 등이 되었지요
어느 날
나는 말하지 않았어요
벗이여/ 공복을 느끼며 살아보지 않겠나/ 라고
그러자 친구가 나에게 말했지요
자네는 양복이 잘 어울려/ 라고
나도 그렇게 생각해/ 라고 나는 대답했어요
아침이 되자
나는 바위 위에서 잠이 깨었어요
바닷바람에 축축해진 머리를 햇살로 말리며/ 공복과 효도에 대해 생
각하며
바다 쪽으로 입을 돌리고 있으니

턱밑에서는 파도 소리가 들리네요

(1936년 4월)

여동생에게 보내는 편지 妹へおくる手紙

뭐 이런 동생이 다 있을까
오라버니는 반드시 성공하실 거라 믿습니다/ 라고
오라버니는 지금 동경 어디쯤 계실까요/ 라고
인편으로 전해 온 그 소식 속에서
동생의 눈을 느끼며
나 역시/ 육칠 년 만에 편지를 써보려고는 합니다
이 오빠는
성공이야 하든 말든 결혼이라도 하고 싶다고 생각합니다
그런 말은 쓸 수가 없네요
동경에 있고 오빠는 개처럼 얻어 먹고 싶어하는 얼굴을 하고 있습니
다
그런 말도 안 적습니다
오빠는 주소가 없습니다
그렇게는 더더욱 쓸 수가 없네요
있는 그대로는 한 마디도 쓸 수 없고
추궁당하고 있는 것처럼 꼼짝도 할 수 없어져
온몸의 힘을 다해 겨우 썼습니다

모두 잘 있지?
라고/ 썼습니다

(1935년 1월)

「생활의 무늬」, 「무제」와 함께 잡지 『일본 시』에 발표한 시이다. 동경으로 간 후 소식이 끊겨버린 오빠에게 '반드시 성공할 거라고 믿는다'고 격려의 편지를 보내온 여동생에게 7년 만에 답장을 하려고 해도 있는 그대로는 한마디도 쓸 수 없다. 여동생의 편지는 고향을 떠나 동경에서 사는 사람은 출세한 사람이라고 생각하는 고향의 가족과 일가친지가 바쿠에게 거는 기대이기도 하다. '뭐 이런 여동생이 다 있느냐'는 문장에 바쿠의 만감이 교차해 있다.

활기찬 생활이다 賑やかな生活である

아무도 없어서
배고프다 하고 한마디 했다
그 소리의 리듬이 호흡처럼 울려 퍼지는 게 재미있어서
나는 드러누워 즐거워서 웃었다
그러나 나는
진지한 자신을 비웃어 버린 자신이 가여워졌다
나는 찹쌀떡 가게 점원을 구슬려 찹쌀떡을 먹었다
설령 나는
친구가 언짢은 얼굴을 해도/ 경멸을 하더라도 나는/ 밥알만 있으면
그것을 먹을 때마다/ 시장(市長)이든 우체국장이든 누구든/ 장(長)자
가 붙은 사람들에게 나의 배부름(滿腹)을 보고하고 싶어지는 거다
밥알 때문에 활기찬 나의 머리다
머리 건너편에서는/ 맑은 날씨네 하고 말해주고 싶을 정도로 지독하
게/ 흐린 날씨 같은 향수(鄕愁)가 있다
저쪽에서도 지금쯤은
수척해지고/ 담배를 피우고/ 기침을 하느라/ 아버지도 바쁘실 거라
생각한다

여동생도 벌써 시집갈 나이가 되었을 거다
남자 때문에 정신이 없겠지
멀리 떨어져 있긴 하지만
피차일반이다
모두 활기찬 생활이다

(1937년 8월)

　아무도 듣지 않는 곳에서 배고프다고 말해버렸다. 주변에 아무도 없고, 아버지도 여동생도 모두 목소리가 닿지 않는 먼 곳에 있구나 하는 고독감이 있다. 그래도, 드러누울 방바닥이 있으니 즐거워져 웃음이 나온다고 시인은 노래한다. 그러나 생각 저편에는 '흐린' 향수가 존재한다. 시에 등장하는 바쿠의 아버지는 1년 전에 오키나와를 도망쳐 나와 오사카로 호적을 옮겼다. 친구의 방을 빌려 잠시 생활하게 되었을 때 만든 시이다.

푸른 하늘에 둘러싸인 지구의 꼭대기에서
青空に圍まれた地球の頂點に立って

물려받은 거다

옷도 음식들도 주소들도 모조리 물려받은 거다

용케 긁어모은 갖가지 고물들이다

내친김에 말하는데

아내라는 물건 만은 물려받을 수도 없었다

중고 의식주에 둘러싸여 도롱이 벌레처럼 살고 있지만

나도 가지고 싶은 거는 진짜로 가지고 싶은 거다

무서운 기세로 지면을 뚫고 지구의 중심으로 향하는 수직처럼

나는 한 마리의 여자를 노리는 자세로 있다

누가 낚아채 가면 가슴도 찢어지고 손발에 힘이 들어가

여보 여보 하고 고함치니 입술이 갈기갈기 찢겨버린다

아내가 있다면 나는

아내의 발목을 잡고 그 한 덩이 체중을 어깨에 짊어져 주고 싶다

기관차·전차·빌딩·굴뚝 같은 거리의 체격들과 겨루며 앞서거니 뒤

서거니 나는 인생을 한 바퀴 돌아보고 싶다

푸른 하늘에 둘러싸인 지구의 꼭대기에 서서

금세 아내가 있는 내가 되어 졸병의 예의범절보다 더 빠르고 정확하

게
"이 사람은 제 아내입니다" 라고 말해 버리고
내 전신(全身)을 온전한 남자로 만들고 싶다

　아내를 가지면 발목을 잡고 어깨에 짊어지신다니, 마치 사냥을 해서 잡은 포획물을 들고 의기양양해 하는 것 같지 않은가. 아내를 가지고 싶은 마음을 이렇게 가식 없이 표현한 시인이 또 있을까? 바쿠의 씩씩하고 정열적인 언어는 방랑의 탈출과 자립에 대한 열망과 표리관계에 있다고 볼 수 있다.

해체 解體

먹을 것의 연상을 하면서 사람을 찾아가는 버릇이 있다고 할 수 있지
진짜이긴 하지만 고상하지 못한 게 나라네
나와 교제하지 않는 게 상책이야
주관적이어서 누구보다도 배가 고픈 게 나이지
당신네가 식탁에서 표현하는 식욕이/ 초겨울 바람 같은 정열로 돌아
나는군
몽롱하게 눈을 뜬 채로
나의 사상은 죽고 싶어하는구나
나의 육체는 살고 싶어하는구나
비에 젖은 오후의 공간에 얼굴을 처박고
진창에 몸을 찔러 넣어 나는 그곳에 멈춰 서지
전혀 아무것도 필요 없는 사상인 건 아니구나
여자와 밥알을 위해서는 큰 입을 가진 체격인 거네
바보인 거냐 백치냐 변태냐 감기의 기역자보다도 가치 없는 마른 체
격이구나
정신이 모조리/ 알코올처럼 날아가고 말라버린 체격이구나
뭐라고 하면 될까
나는 목재들과 함께 건축재료라도 되는 걸까

밤 夜

내가 셋방을 얻었어
내 방에 놀러 오라고 모두에게 말했고
조만간 한번 갈게라고 모두가 말했지
며칠이 지났는데 그 조만간은 아직 멀었을까
나도/ 나를 찾아주는 사람이 있겠느냐 하고 생각해버리지
나는 인간이 아닌 걸까
가난이 인간의 형태를 해서 내가 된 걸까
인력(人力) 외에는 느낄 수도 없어서/ 나는 정물(靜物)의 친척인 것처
럼 살아버린 건가

대개의 인생이 휴식을 취하는 깊은 밤이군
나는 나를 느끼면서
밑에서 비추고 있는 태양을 바라보고 있지
저 멀리 낮의 거리 풍경이 뒤집어져 빛나고 있는 것을 바라보고 있지
둥근 지구를 바라보고 있지

(1937년 3월)

68

발표한 것은 1937년이지만, 동향 친구 집에 잠시 얹혀살던 1930년경에 쓴 시인 것 같다. 시 속의 나는 자연도 인간도 될 수 없는 중간적인 존재로 표현되어 있다. 다른 사람들처럼 지붕이 있는 곳에 살게 된 것이 기뻐서 주변 사람들을 초대하지만, 찾아오는 사람이 아무도 없다. 시인은 타향에서의 고독감을 끝없이 펼쳐진 우주 위에서 '느끼고', '바라보고' 있다.

꿈에서 깨어난 후 夢の後

밥을 먹고 있었는데 잠이 깨어 버렸군/ 때마침 눈앞에는 아침이 와 있구나/ 얼굴 무게 때문에 풀이 쓰러져 있네/ 지난밤/ 방치해 둔 다리가/ 손이/ 몸통이/ 난잡스럽구나/ 피로의 무게로 내가 누워있는 자리의 흙이 움푹 파여 있고/ 그 육체들을 나는 갈퀴인 양 한곳에 긁어모으지/ 나는 나를 한곳에 모아/ 자/ 하고 일어서려고 하지만 비틀거리고 말아/ 비틀거릴 때마다 내게 흔들려서/ 그곳에 아침이 피어나려고 하지

이 정경을 훔쳐보고 있는 것처럼/ 나는 밥을 먹고 있었는데/ 하고 나는 생각하네/ 꿈에 자극받아서/ 헛돌고 있는 생리작용/ 생활 속에는 내가 없어/ 나는 죽어버린 것처럼/ 세월 위를 서성이지

"요즘 어떻게 지내?"
아아 요즘 말인가! 요즘도 역시 나는 배가 고프다네!
그러니 좀 빌려주시게
"없다니까" 라고 목소리가 말하네
너무 자주 이러니/ 있어두 없다는 거겠지
나는 철교 위를 지나는 전차에 눈알을 던진다네/ 눈알은 전신주 꼭

대기에 걸리고/ 오가는 머리들 위로 눈알이 떨어지네/ 이 주변도 번화해졌건만/ 눈알은 내 위로 떨어지지/ 먹기 좋을까/ 나는 용케도 정(情)처럼 부드러운 것만 먹고 살고 있구나

귀머거리인 냥/ 내가 있는 풍경을 묵독(默讀)하고 있으니/ 누가/ 내 어깨를 두드리네

"공복(空腹)이 되는 게 참 쉽지!"

(1931년 4월)

    당시의 바쿠는 하루에 한 끼를 먹거나 전혀 못 먹는 날이 많았다고 한다.

    「공복에서 익숙해졌을 덴데도, 익숙해지는 것으로 공복을 극복하는 것은 불가능했다.」(「私の靑年時代」)

광선 光線

한 푼도 없다니까/ 라고 그는 말하지
있더라도 건강한 놈에게는 더는 빌려주지 않을 거야/ 하고 그는 말하
지
그러면 나는 생각하지
빌리려고 온 거잖아
빌리면 얻은 셈 치고
얻고 나면 또 빌리러 올 거잖아
그런데 나의 육체는
누가 봐도 건강해 보이는 건가
창피를 뒤집어쓰니 눈이 부셔서
눈을 감았는데 역시 눈부시구나

(1935년 9월)

바쿠의 빌리는 행위의 이면에 오키나와 사람을 차별하는 본토인에
대한 반감이 작용했는지, 시인의 빌리는 행위는 참으로 당당하다. '창
피를 뒤집어썼다(被る)'는 말에는 원래라면 그러지 않아도 될 것을
덮어썼다는 의식이 있다. 바쿠가 라디오 방송에서 밝힌 일화를 소개
한다.
　「돈을 빌려주는 사람도 여러 종류가 있어서, 열흘도 안되었는데 다
음날부터 바로 갚으라고 재촉하는 사람도 있고, 돈 빌려 달라고 할까
봐 나만 보면 전전긍긍하는 사람도 있어서, 사람의 성격 같은 것도
어느새 공부하게 되었습니다. 이런 돈을 빌리는 방법 같은 것도 시골
에서는 배울 수 없는 것 아닌가 하고 생각합니다.」(「私と東京」)

사는 위치　生きている位置

죽었다고 생각했는데
살아있는 건가! 하고
내 얼굴만 보면 말들 하지만
세상은 정말 성질이 급하군

나는 살아도 살아도 좀처럼 죽지 않아서
죽으면 끝난다, 지구가 무너져도
끝까지 죽은 그대로이고 싶다고 기원할 만큼
사는 게 너무 길다 하면서도
호흡을 하는 동안은 살아 있는 거라고

(1935년 2월)

　'나는 살아도 살아도 좀처럼 죽지 않아서'라는 구절이 인상적이다.
아득바득 애쓰지 말고 미련을 버리고 표표히 살라고 말하고 있는 것
같다. 바쿠에게 있어 사는 것은 시인으로 사는 것을 의미한다. 호흡하
는 동안은 살아있는 거라는 바쿠의 말은 시인으로서의 자신의 각오
를 나타내는 건 아닐까?

돌 石

계절 계절이 그냥 지나가네
오려나 하고 보고 있으면
올 것처럼 하고는

네가 대신 있으니까 라고 하는 듯
길모퉁이에는 아무도 없다
헛고생만 잔뜩 하고 앉아있으면
이래도 살아있는 걸까 하는 생각이 드는데
계절 계절이 그냥 지나가네
마치 너무 오래 사는군 이라고 하는 것처럼

언제나 이곳에 있는 건 나인가
몸에 걸친 현실
뒤돌아보니
나는 그때부터 지금까지 계속 부랑자

(1936년 6월)

바쿠의 고독함을 노래한 시이다. 동경에서 사는 바쿠의 소외감이 동경의 거리를 굴러다니는 돌로 표현되어 있다. 자신을 돌에 비유하는 것으로 사회에 대한 위화감을 나타내고 있지만, 바쿠의 시에는 돌처럼 구르며 사는 자신에 대한 분노도, 자신을 피해 가는 사람과 계절에 대한 분노도 없다. 단지 굴러다니는 바쿠의 현실이 존재할 뿐이다.

첫인상 第一印象

생선 같은 눈이군
어깨는 조금 벌어져 있군
말투는 반쯤 남자 같고
걸음걸이가 남자 같다고 자기가 말을 꺼내네
그런데 소녀야
남자라 해도 상관없어
금속처럼 울리는 성격 소리가 좋잖아
동작에 광이 나서 좋잖아
그렇게 생각하며/ 이마에 비친 햇살을 느끼면서 나는 돌아왔지
나는 햇살 가득한 툇마루에 다리를 뻗고 있네
발등 위에 파리가 앉았네
파리
파리 등 위에 소녀 얼굴이 앉아 있구나

(1934년 5월)

눈, 어깨, 말투, 걸음걸이 등 소녀의 여성스럽지 못한 외모를 잔뜩 흉보고는 그래도 상관없다고 애정으로 감싸는 시이다. '소녀'는 당시 바쿠가 좋아했던 여성이다. 시인의 독특한 반전 화법과 유머가 느껴지는 작품이다.

완구 玩具

손바닥에 남아있는 동그란 물건
젖가슴 그대로의
동그란 온도
그리고 이쪽에도 하나 더
이건 확실하게 내 것입니다 / 하고
그 피부에
찍어둔
지문

　바쿠의 시로서는 보기 드물게 에로스가 충만한 시이다. 여성에 대한 사모와 피부의 체온에 대한 애정이 숨김없이 드러나 있다. 바쿠의 기쁨과 한 사람의 여성을 소중하게 여기는 마음이 시 속에 넘쳐나기 때문일까? '내 것'이라는 말에서 여성 경시가 느껴지지 않는다.

곶　岬

한자로 操가 아니야/ 라고 여자가 말했었지
히라가나로 미사오(みさお)도 아니야/ 가타카나로/ 미사오(ミサオ)/
라 적어야 돼/ 라고 여자가 말했었지
적혀있는 수신자 이름인/ 操 님을/ 미사오 님으로 바꾼 게 나였었나
단둘이 화롯불을 쬐고 있다가
손과 손이 닿았다고/ 뽀로통하던 그/ 곶처럼 뾰족해진 연애를 바라본
게 나였나
또 뭐가 있더라
어느새 스물일곱이나 먹어버린 털북숭이 얼굴로
여자의 손을 잡기는 했지만 그걸로 끝나버린 이야기였구나

　　결혼하기 전, 바쿠에게는 몇 명의 여성이 있었다. 이 시에 등장하는
여성은 바쿠가 난방기 만드는 일을 하던 1925년 전후에 자주 들렀던
찻집의 여급이었던 미사오로 추정된다. 바쿠의 자전적 작품인 「私の
半生記」에는 망토 아래로 살짝 미사오의 손을 잡았던 일이 인상적으
로 그려져 있다.

인사 挨拶

"갈게"라고 나는 말했다

"오늘 밤은 어디로 가?"라고 여자가 말했다/ 나도 또/ 내가 간다고 하는구나 하고 생각하며 문밖으로 나왔다

내 양쪽에는/ 막 잠이 든 거리의 얼굴이 뜨겁다/ 막 잠이 든 거리의 숨결은 내 발자국 소리에 둥근 물결을 만들고 출렁이고 있다/ 순사가 펼친 수첩 위를 내 발이 걷는다/ 발은/ 형사에게 채여/ 비틀거린다/ 돌에 채여도 발은 비틀거린다/ 발에 타고 있으면/ 본 적이 있는 벽이 다가온다/ 현관이 다가온다

발이 머뭇거리면/ 나는 발 위에서 상체를 쑥 내밀고/ 문틈에 입술을 댄다

"미안하지만 좀 재워줘"

부르는 소리가 지구 밖에 머물러 있기 때문인 걸까, 상식에서 벗어난 시간을 지니고 있기 때문인 걸까, 볼 것도 없고 대답할 것도 없이 나라고 생각한 것처럼/ 아무 말 없이 문이 열린다/ 문은 아무 말 없이 닫힌다/ 그런데/ 나는 돌아온 걸까/ 기어들어 가보니 아아 이 방/ 앉아보니 이 다다미/ 덮어보니 이 이불/ 잠을 자보니 이 잠/ 어디를 봐도 무엇 하나 내 것인 게 없지 않은가

어느 아침이다

"왔어" 하고 여자에게 말했다

"어디서 왔는데?" 라고 여자가 말했다

역시나 내 애인인 건가/ 나도 이런 놈이라서/ 이 밤 저 밤을 불러 깨워/ 이 육지에 세운 나의 수많은 무언(無言)의 주거(住居)/ 그 우정들을 뒤돌아본다

"나는 여기저기서 왔는데"

(1936년 3월)

당시에는 누구나 작업복이나 양복처럼 한눈에 직업을 알아볼 수 있는 복장을 하고 다녔는데, 바쿠는 방랑 생활을 하면서도 얻어 입은 양복과 알파카 코트 차림에 원고용지가 들어있는 불룩한 가방을 가지고 다녔다. 바쿠의 모습은 당시의 사회주의자의 모습과 비슷해서 불심검문을 당하는 일이 많았다. 불심검문을 피하기 위해 밤새 걸어 다녔던 바쿠를 위해 소설가 사토 하루오가 '이 사람은 시인으로 선량한 동경 시민이다'라는 보증서를 써주었지만, 경찰 중에 소설가를 모르는 사람이 있었기 때문에 황궁 경찰관이었던 동향의 친구에게 부탁해서 '야마노구치 바쿠 씨는 동향의 친구로 신분 일체를 보증합니다'라는 보증서를 다시 받았다고 한다. (「夏向きの一夜」)

일요일　日曜日

코끝이 담홍색으로 부어 올랐다/ 혈액이 불순(不純)한 건가! 코가 무너지면/ 죽을 수 밖에 없다고 생각하지만/ 내게는 여자가 있구나
여자는 저쪽의 경치에 넋이 빠져있다/ 아이를 낳는 일이 제일 싫다고 한다/ 그리고 제일 좋아하는 건 양장(洋裝)이라고 하지만/ 나는 소망했다

코가 무너져도 같이 걸어요
그렇지만 여자는 걸음을 멈췄다
나도 멈춰 섰지만/ 이곳에는 코만 우뚝 솟아있는 걸까/ 그곳을 가로막고 서서/ 슬프게 부풀어오른 방대한 코이구나
아아
뭐 이런 일요일이 다 있나
해는 이미 지고
코의 이쪽/ 연애의 주변에서는 미련이 등불을 밝히고 있다

(1936년 10월)

회화 會話

고향은? 하고 여자가 말했지
그런데/ 내 고향은 어디였던가/ 아무튼 나는 담배에 불을 붙이지만/
문신과 사피선(蛇皮線)* 등 떠오르는 것들을 물들여서/ 도안 같은 풍
속을 가진 나의 그 고향 말인가!
저 멀리

저 멀리라면? 하고 여자가 말했지
그곳은 저 멀리/ 일본 열도 남단의 바로 앞이지만/ 머리 위에 돼지를
이는 여자가 있고/ 맨발로 걷거나 하는 우울한 습관을 지니고 있는
나의 그 고향 말인가!
남쪽

남쪽이라면? 하고 여자가 말했지
남쪽은 남쪽이지/ 쪽빛 바다에 사는 상하(常夏) 지대/ 용설란과 제오
와 아단과 파파야 같은 식물들이/ 하얀 계절을 덮어쓰고 달라붙어있
지만/ 저건 일본인이 아니야/ 일본어는 통하겠느냐고 쑥덕거리며/ 세
상의 기성개념들이 기류(寄留)하는 나의 그 고향 말인가!
아열대

아열대! 하고 여자가 말했지

 아열대라니까/ 나의 여인아/ 눈앞에 보이는 아열대가 보이지 않는 가!/ 이런 나처럼/ 일본어가 통하는 일본인이/ 바로 아열대에서 태어 난 우리라고 나는 생각하지만/ 추장이라든가 원주민이라든가 가라 데라든가 아와모리**같은 말의 동의어라도 보는 것처럼 세상의 편견 들이 쳐다보는 나의 그 고향 말인가!

 적도 바로 아래 그 근처

(1935년 11월)

* 사피선: 오키나와 전통 악기
**아와모리: 좁쌀로 담근 오키나와의 전통주

회화라는 제목이지만 이 시에서 회화는 '고향은-저 멀리', '저 멀리라면-남쪽', '남쪽이라니?-아열대', '아열대!-적도 바로 아래 그 근처'라는 부분뿐이다. 회화 사이의 표현은 시인이 마음속으로 생각하고 떠올리는 것으로, 오키나와의 독특한 풍습과 자연, 본토의 기성 개념과 편견이다.

시인은 결코 '오키나와'라고 대답하지 않는다. 출신을 말할 수 없는 당혹감과 망설임이 이 시의 주제이다.

바쿠는 수필 「私の半生記」에 이 시의 발단이 되는 에피소드를 소개하고 있다.

「찻집 곤돌라에서는 이런 일이 있었다. 곤돌라의 단골인 공무원이 오키나와에 출장 다녀온 이야기를 했다. '촌장 집에 초대받아 바나나와 파파야와 아와모리를 얻어먹고 아주 환대받았다'는 식의 이야기이다. 곤돌라의 마담은 물론 나의 연인인 그 소녀도 신기한 듯 눈을 반짝이며 오키나와의 이야기를 듣고 있었지만 곤란한 건 시인인 나였다. 내게는 그즈음의 시에 '회화'라는 게 있다.」

음악 音楽

저놈과는 말도 하지 마라고 하는데도
저놈에게 말을 거니까
나와 말을 할 시간이 없어진 거야
그래서 저놈이 좋아졌겠지 라고 말해보지만
그래서 당신 같은 사람은 싫다고 받아친다
그러니까 그럴 줄 알았어/ 그건 네가/ 저놈을 좋아하게 되었기 때문
이야 라고 말해보지만
우천(雨天)에는
비가 내리고
내가 말할 때마다 내리는 것은
그 남자 이야기뿐
그래서 이제 더는 말 안 하겠다고 입을 다물어 보지만
보고 있자니 들리는 소리
무슨 소리
비록 질투는 하고 있어도 나에게
무엇보다 중요한 건 사랑인데 하고 들려올 뿐

(1934년 11월)

무기물 無機物

나는 생각하지
둘이 입맞춤한 그 일에 대해
따님을 제게 주지 않겠습니까 하는 식으로
혼담을 청하고 싶어 라고 나는 말하지만
부랑자 주제에/ 라고 여자가 말한 거다는 식으로
그런데 나는 생각하지
부랑자를 그만두고 싶다고 생각하는 그 일에 대해
혼담을 성사시키고 지금 당장에라도
다른 사람들 정도의 생활을 어떻게든 마련하고 싶어 라고 나는 말하지만
그래서는 비웃음거리가 될걸/ 이라고 여자가 말한 거다는 식으로

그러나 나는 또 생각하는 거지
어쨌든 말로만이라도 혼담을 성사시키고 싶다고 생각하는 그 일에 대해
그러니까 내가 이렇게 이야기해도 내 마음을 모르겠느냐고 말하지만
안녕/ 하고 여자가 말한 거다는 식으로
연애하고 있는 동안

나는 모르고 있었구나

현실에서 일어나는 일들에 기겁하고 있는 이런 나를

(1934년 11월)

　방랑 생활을 하고 있던 31세 때의 시이다. 첫 시집에 실린 56편의 시 중에서 22편이 여성과 결혼에 관한 것인 것을 보면, 바쿠가 얼마나 여성을 동경하고 결혼을 바라고 있었는지 알 수 있다. 시인은 현실에 외면당하는 자신을, 그리고 자신의 간절함을 알아주지 않는 사람들만이 존재하는 현실 세계를 무기물 같다고 느낀 건 아닐까?

매너리즘의 원인 マンネリズムの原因

아이의 부모들이
아이를 제대로 낳아 볼 마음이라면
낳는다 / 하고 한마디 의지를 전하게 하는 기계
부모의 아이들이
태어나는 것이 싫다면
싫어요 / 하고 한마디 의견을 전하게 하는 기계
그런 기계가 지구 상에는 없다
얼핏 보니
비행기나 마르크시즘이 배치된 곳 어디쯤 확실히 화려하긴 하지만
인류 냄새를 풍기는 문화가 있었구나
거리낌 없는 곳
교접(交接)이 / 부모와 자식 사이에 쓸모 있는 장치가 되지 못하니
지구 위가 매너리즘이다
내 그럴 줄 알았지
태어나니까 사는 거고
살고 있으니까 낳은 거고

낳는다 하고 태아에게 전해주는 기계, 태아가 태어나기 싫다고 말할 수 있는 기계가 있으면 어떨까? 발상이 엉뚱한 시이다. 아쿠타가와 류노스케의 소설 『河童』에 비슷한 이야기가 나온다. 남편이 임신한 부인의 생식기에 대고, 태아에게 태어나고 싶은지 어떤지 묻는 장면에서, 태아가 당신이 싫어서 나가기 싫다고 대답하니 임산부의 배가 꺼지더라는 이야기이다. 바쿠가 이 소설을 읽었을지도 모르겠나는 생각이 든다.

바쿠는 인간으로서의 균형을 유지하기 위해, 가려운 곳에 대해 시를 쓴다고 했다. (「詩とは何か」) 살아 있어야, 시가 있는 것이다. 태어난 것이 싫어져도, 살아가는 일은 절대 싫이지지 않는다. 그것이 바쿠의 철학이다.

먹지 못한 나　食ひそこなった僕

나는 무얼 먹지 못했었나

친형제를 거덜 냈었지
여자를 다 털어먹었고
나를 통째로 먹어 삼켰지
어떻게든 살고 싶은 나니까 뭘 먹어도 사는 거지만
먹어보니 무엇을 먹어도 모자라서
지금은 하늘에 등을 돌리고
물리의 세계에서 살고 있지
진흙투성이가 된 지구를 베어먹고 있지

지구를 먹어도 모자라게 되면 그때는
바람과 세월이라도 빨아먹으며
혼자/ 우주에 살아남을 작정으로 있는 거지

(1935년 9월)

바쿠의 시는 심각한 내용을 유머로 승화한다. '형제를 거덜 내고', '여자를 털어먹고'라는 표현은 남의 신세만 지고 산 시인에게는 잔인한 표현일 텐데, 묘하게 익살스럽지 않은가? 시인은 자신을 먹고, 사람을 먹고, 지구, 바람, 세월을 먹으며 혼자라도 살아남을 거라고 한다. 바쿠의 먹는 행위는 시가 이끌어준 삶에 대한 집착이다. 자신의 시는 삶이 있어야 가능하다는 확신으로 바쿠는 먹고, 또 먹으며 살고 있었다.

존재 存在

나들이 나 나 하고 말하네
그 나가 나인 걸까
내가 그 나인 걸까
내가 나라고 하니/ 내가 나라면/ 나도 나인 걸까
나인 나는
나인 것 말고는 어쩔 수 없는 나인 걸까
생각해보니 그게 말이요
나에 대해
나에게 물어봐선 말이 길어질 뿐이요

왜냐하면 말이요
보기만 하면 금방이라도 알 수 있는 나이지만
나를 보려면
한 바퀴 더
사회 주위를 돌고 오라고 말하고 싶어지니 말이요

(1936년 5월.)

시인은 사람들이 보는 '나'라는 존재와 자신이 보는 '나'라는 존재의 차이를 반복적으로 표현하고, 자신이 어떻게 말하더라도 사람들이 '나'의 존재를 규정해 버리는 것에 대해 답답해한다.

　일본인인지, 오키나와 사람인지, 노숙자인지, 시인인지, 자신의 존재를 한마디로 표현할 수가 없다. 차별과 편견에 대치하며 살았던 바쿠의 정체성에 대한 고민을 엿볼 수 있다. 바쿠는 그런 '나'의 존재를 사회와의 관계에서 피악하려고 한다.

나의 시 私の詩

내 시를 보고
여자가 말했지

지구를 아주 좋아하는 것 같네요

과연
내 시를 보고 있으니
다섯 개 여섯 개나 지구가 굴러오네

그래서 여자에게
내가 말했지

세상은 한 개의 지구로 충분해도
지구를 한 개만 가지기엔
내 세계가 너무 넓다오

(1938년 2월)

바쿠의 시에는 지구가 자주 등장한다. 시인인 고우라 루미코(高良留実子, 1932-)는 바쿠를 '지구의 시인'이라 불렀다. 바쿠가 고향의 울타리를 넘어 지구 전체를 바라보게 된 계기는 무엇일까? 바쿠는 집이 아닌 공간, 예를 들면 공원, 해변, 공터 등에서 노숙했다. 밤하늘을 보고, 별을 보고, 넓은 우주를 보면서 매일 잠이 들었다. 잠자리에 누워 자신이 우주의 어디쯤 있는지 생각하면서, 시인은 자신이 지구에 살고 있다는 것을 실감하지 않았을까?

수학 數學

싸구려 밥집이라 생각하며 앉아있었더니/ 옆에 앉은 청년이 이쪽을
돌아보는 거야/ 청년은 내게 술을 권하며 말했지
무정부주의자입니까?
글쎄! 하고 말하니
공산주의자입니까?
글쎄! 하고 말하니
뭡니까?
뭐요! 하고 말하니
저쪽으로 돌아앉는군
이 청년 또한 인간인 건가! 마치 나마저도/ 뭐가 아니면 안 된다는 듯
이/ 뭡니까 라고 말해봤자/ 이미 태어나버린 나이니까
나랍니다

거짓말이라 생각했다면
보는 게 좋을 거야
나라니까 밥을 다오
나라니까 생명을 다오
나라니까 다오 다오 하는 것처럼 움직이는데 보이지 않는가!

밥 먹을 때 만 이렇다는 듯이 살고 있는데 보이지 않는가!

살아있으니

반성하면 밥이 목에 걸린다는 듯 지구 앞에 있는 내가 보이지 않는

건가!

그래도 거짓말이라고 말하는 게 인간이라면

청년아

생각이라도 해보는 게 좋아

나라니까 라고 말했어도/ 나를 보여주기 위해 죽어줄 시간 따윈 없으

니

나라고 말해도

거짓말이라고 한다면

신(神)이라고 생각하고

참는 게 좋아

내가 인류를 먹는 동안

지구에 있는 그저 그 잠깐

(1935년 2월)

당시의 일본은 무정부주의자들과 공산주의자들의 암살, 학살, 투옥이 행해지고, 반정부 쿠데타가 일어나던 시기였다. 그런 사회적인 분위기가 '좌익-우익', '무정부주의-공산주의'라는 식으로 모든 것을 이분화하고, 이념으로 나누려는 풍조를 만들어내었다.

그런 시대의 한가운데서 바쿠은 '나'는 나이고 나 이외의 아무것도 아니다, 살아있는 인간을 1+1이라는 계산으로 답을 낼 수는 없다, 인간 존재는 '수학' 같은 것이 아니라고 말하고 있다. 이 시에는 시인의 명확한 자기 인식과 사회 풍조에 쉽게 흔들리는 인간에 대한 통렬한 비판이 들어있다.

우산 傘

저 사람은 저토록/ 매일 아름다운 건가

나는 그리 생각했다네/ 그래서 한 걸음 더/ 앞으로 나갔지

저 사람은/ 남편이 있는 걸까

그때 나는 보았다네

흐린 하늘을

그러니 친구여/ 하늘이 흐려지더라도 걱정하지 말게/ 비가 오더라도

울음을 터트리지 말게

나도 남자라 치고 사는 거니까 살려는 남자라면 더더욱 힘을 내시게

그렇다 해도 저 사람에게

나를 소개한 건 누구인 건가

(1934년 10월)

오키나와에서 상경했을 당시, 바쿠는 여러 번 자살을 생각했다. 그러나 시에 미련이 남아 '자살한 셈 치고' 살기로 했고, 이후 세상의 시선을 의식하지 않고 여러 가지 일을 할 수 있었다. (「自伝」)

　이 시는 시인이 우리에게 들려주는 말이다. "삶이 매일 맑으면 좋겠지만, 흐린 날도 있고 비 오는 날도 있는 게 당연한 거야. 설령 우산이 없더라도 힘을 내어 사는 거야, 인생은 살 만한 가치가 있는 거니까".

방석　座浦團

흙 위에는 마루가 있지
마루 위에는 다다미가 있고
다다미 위에 있는 것이 방석이고 그 위에 있는 것이 안락함이야
안락함의 위에는 아무 것도 없는 걸까
깔고 앉으세요 하고 권해서
안락하게 앉아있는 쓸쓸함이여
흙의 세계를 아득히 내려다보고 있는 것처럼
익숙하지 않은 세계가 쓸쓸하구나

(1935년 2월)

취직자리를 부탁하러 찾아간 선배 집에서 오랜만에 방석에 앉았을 때 느낀 감정을 적은 것이라고 한다. (「詩とはなにか」) 바쿠가 얼마나 방석과 거리가 먼 생활을 했는지 엿볼 수 있는 시이다.

시인은 방석이라는 일상의 도구를 통해, 흙, 마루, 다다미, 방석, 안락함, 그리고 그 위에는 무엇이 있는지 우리에게 묻는다. 그리고 흙의 세계를 아득히 내려다보는 그곳이 절대 편안하지만은 않은 '쓸쓸한 세계'라고 노래한다.

몇 년간 떠돌이 생활을 하던 시인이 방석 위에서 느낀 '안락함'에 대한 위화감은 자신이 편입한 '익숙하지 않은' 일본 사회에 대한 위화감이기도 할 것이다.

재회　再會

시인을 그만하겠다고 하고는/ 시만 쓰는 것 아니냐는 듯
드디어 온 건가!
실업(失業)이 찾아왔다

그다음에 찾아온 건 실연이지
건네준 것은 달랑 입맞춤뿐인데/ 어디로 사라져버린 건지/ 여자의 모
습이 보이지 않게 되었다는 듯

그곳에 말이야
다시 또 찾아온 건가! 주거 불명

다 모인 옛날 그대로의 풍채들
이놈도 저놈도 오랜만이라는 듯 커다란 면상을 하고 있지만
옛날의 나라고 생각해서 찾아온 건지
불행한 놈들이다, 행복하게 웃고 있구나

(1936년 11월)

'불행은 혼자 오지 않는다. 꼭 친구를 동반하여 온다'고 셰익스피어가 말했지만, 이 시가 딱 그렇다. 실직을 당하니 기다렸다는 듯이 여자가 떠나가고, 다시 집 없는 방랑자 생활을 해야 된다. 게다가 계절은 노숙하기 힘든 11월이다. 그런 시인의 마음을 아는지 모르는지 다시 만난 가난이라는 놈들은 행복하게 웃고 있다. '재회'라는 제목 때문인지, 곧 겨울은 되겠지만 그래도 잘해 나갈 것 같다는 기분이 들게 하는 시이다

찾아온 이유　來意

만약에 말이요 이 몸이
댁의 딸이 보고 싶어서 찾아온 거라면
아줌마 당신은 뭐라고 하실까

만약에 그래서 멀리서
하타가오카에 오는 거라면
더더욱 뭐라고 하실까

만약에 말이요 이 이야기가
만약의 이야기가 만약에
진실이라면 아줌마 당신은 뭐라고 하실까

아름답게 꽃핀 저 딸
아름답게 꽃핀 그 딸
진실이 아니라면 이 몸이 이렇게 느긋하게 차를 마실까

일본어의 리듬감이 살아있는 시이다. 하타가오카는 동경 시나가와 구에 있는 동네인데 바쿠와 결혼한 야스다 시즈에(安田静恵)의 친정이 있었던 곳이라 추정된다. 바쿠는 결혼 1년 후에 첫 시집을 출판했다. 결혼 전에 사귄 여성은 여럿 있었지만, 직접 집으로 찾아간 것이나, 시의 분위기로 보아 아내가 될 시즈에 씨를 노래한 것 같다.

머리로만 생각함 思辨

과학의 정점으로 기어오르는 비행기들
바다를 가르고 다니는 선박들
살아있다는 인간들

이기는 하지만
영원히 사는 인간은 없는 걸까?
사는가 싶으면 금방 죽어버리는 인간들
계속 가는 선박은 없는 걸까?
출항했다 싶으면 돌아오는 선박들
계속 날아가는 비행기는 없는 걸까?
승천하는가 싶으면 낙하하는 비행기들

마치 바람을 두려워하는 나방처럼
금가루(金粉)를 뒤집어쓰고는
날개를 접고
동체(胴體) 뒤에 숨어서는
벌벌 떨고
문명(文明)이라는 것들이 전부 다/ 꿈을 볼 시간도 사랑할 시간도 없

고/ 쌀과 숨결들을 볼 틈조차도 없어져 버둥거리고 있더라도 문명인
건가
아아
이런 비문화적 문명들이 너무 현실적일 만큼 떼 지어 있구나
모두 애처롭게 낡아서
후텁지근해진 신(神)의 숨결을 맞으며
지구의 꼭대기에만 매달려있구나

(1936년 11월)

야마노구치 바쿠의 첫 시집 제목은 『思辨の苑』이다. 그런 의미에서 이 시에는 바쿠가 중요하게 생각하는 메시지가 들어있는 것 같다.

　시인은 '문명'을, 살고, 죽고, 가고, 돌아오고, 날아가고, 떨어지는 일 상적인 움직임 속에서 파악하려고 한다. 그래서 사는가 싶으면 죽어 버리고, 가는가 하면 돌아오는 정신없는 모습을 '비문화적 문명'이라 는 말로 표현했다. 바쿠에게 비문화적 문명은 꿈, 사랑, 쌀, 숨결 같은 생활 속의 사항들을 기준으로 생각할 수밖에 없는 것이었다.

　시인 고우라 루미코는 바쿠의 시에 대해 '바쿠는 지구 옆에서 와서 문명을 내포한다. 세상이 문명이라고 구가하는 것이 얼마나 야만적 이고 미개한 것인가를 그는 잘 알고 있다'고 했다. 이런 의미에서 바 쿠의 시는 생활의 시이고 풍자시이며, 문명 비평시이기도 하다.

이사 転居

詩 쓰는 것보다도 우선 밥을 먹으라고 하네

그것은 세상에서 생기는 일이야

먹어버린 性에는 맞지 않아

얻어먹어도 뺏어 먹어도 먹어버린 거야

죽으라고 해도 죽기는커녕 오히려 죽음을 그냥 먹어버린 형편이지

여기에 지금 막 삼킨 현실이 있는 거야

빈털터리가 되어 드러난 현실 밑바닥/ 쌀알처럼 빛났을/ 양국(両国)
의 사토 씨도 결국에 먹어버린 현재인 거지

육지는 보시는 대로 육지인 거야

먹으려고 해도 더는/ 먹을 게 없다고 말하는 것처럼 전신주와 쓰레기
통 따위가 서 있고/ 마치 텅 빈 것 같은 육지이지

말하지 않는다 해도 그런 거야

밥에 굶주리면 밥을 먹고/ 먹을 것이 없으면 굶주림이라도 먹고 굶주
림에도 물리면 말할 것도 없어

나를 보게

이사하는 것이 나인 거야

아닌 척해도 인간의 얼굴을 하고/ 세상을 먹어 치우는 이 육체를 질
질 끌면서/ 돌과 역사와 시간과 공간들처럼/ 가능한 한 오래 살고 싶

어하는 게 나이지

날씨를 보게

그건 날씨의 일인 거야

바다를 보게

육지의 옆이 바다야

바다에 앉아 나는 먹고 있지

갑판 위의 저/ 살아있는 선장을 집어 먹으며/ 바다 세상을 향해 가끔

큰 입을 벌려 보여주는 거야

물고기들이여

놀라지 말라

진기한 손님은 이렇게 살이 쪘어도

육지 세상에서는 유명한/ 소위 먹을 수 없게 된 시(詩)란다

(1937년 7월)

바쿠가 화물선에서 일하던 1936년에 적은 시이다. 당시 바쿠는 양국 아파트에 살고 있었는데, 시에 등장하는 양국의 사토 씨는 바쿠가 신세 지던 침구 학교 선생님이다.

서른을 넘긴 바쿠가 가장 많이 듣던 말은 '시 쓰는 것보다 우선 밥을 먹어라'라는 이야기였을 거다. 시인은 수없이 되풀이되는 생활 속의 대화를 '먹을 수 없게 된 시'와 시인의 이야기로 바꿔버린다. 바쿠가 사는 세계는 먹고 사는 것을 넘어선 또 다른 세계였다.

고양이 猫

걷어채여서
공중으로 날아올라
사람을 뛰어넘고
나뭇가지를 뛰어넘고
달도 뛰어넘어
신의 자리까지 올라가도
떨어지는 일이 없는 경쾌한 짐승
높이의 한계를 애당초 무시하고
지상으로 내려와 네발로 걷는구나

(1937년 6월)

사족 士族

왔다 갔다 하는 게 재주인지
금방 갔을 텐데
계절을 닮은 얼굴을 하고 찾아오네

그것이/ 봄이나 여름의 얼굴이라면 그래도 괜찮겠지만
네 계절을 세 계절로 하고 싶을 정도로 보기도 싫은 그 겨울이
나뭇잎을 먹으면서 이쪽을 보면서 찾아오네
양국 교(両国橋)*를 건너오네
오는 건 그건 그래도 괜찮은데
손을 흔들고
고환을 흔들고
벌거숭이

벌거숭이라도 괜찮은데
저 먹보가
왜 계절을 닮은 얼굴로 오는 것일까

우선

116

이곳은 양국 빌딩의 공실(空室)이야

가끔은 먹어도 먹는 밥이/ 가끔은 꾸어도 꾸는 꿈이

하나부터

열까지

모두 다 빌린 것

그 외에 잠시 핏기를 잊어버린 손목, 발목, 이 목 등

있기는 있는 내 것

(1937년 7월)

*스미다 강 하류의 다리

일본 씨름 선수인 스모 리키시(力士)를 풍자한 시이다. 이제 막 가을 대회가 끝났는데 벌써 겨울 대회를 알리는 북소리가 울리고, 공실에 사는 시인은 굶고 있는데 스모 선수는 고기 전골(창코 나베)을 배불리 먹고 벌거벗은 몸으로 다리(양국 교)를 건너온다. 스모 선수는 사족도 아닌데 사무라이의 머리(촘마게)를 붙이고 거들먹거리고 있다.

이 풍경을 바라보는 시인은 오키나와의 사족 출신이다. 진짜 사족은 남들에게 빌린 것으로 생활하고, 공복을 견디며 가짜 사족을 바라보고 있을 뿐이다. 시인의 쓸쓸한 자조감이 느껴지는 시이다.

시에 등장하는 '양국 빌딩의 공실'은 1960년 3월 10일 자 『오키나와 타임즈』에 게재한 '20년도 더 전의 일이지만, 양국 역 바로 옆에 양국 빌딩이란 곳이 있는데 그곳에서 살았다. 그 빌딩의 창고나 공실, 싼방 등을 전전하면서 그날 그날을 지냈다'라는 기사에 나오는 장소이다. 바쿠의 독신 시절 마지막 시이다.

코가 있는 결론 鼻のある結論

어느 날
괴로워하는 코의 모습을 보았다네
코는 양 날개를 펼쳤다 접었다 하며/ 왕복하는 호흡을 괴로워하고 있
었지
호흡은 열기를 띠고
코 벽을 아프게 하며 오고 갔지
코는 결국 격분했고
몸짓과 말투가 거칠어져서/ 킁킁하고 감기를 소리 나게 했어
나는 詩를 쉬고
몇 번이나 몇 번이나 코를 풀었고
코의 모습을 들여다보며 지내는 동안/ 날이 밝았지
아아
호흡하기 위한 코라고 해도
감기에 길릴 때마나 주위의 문명을 어지럽혀서
그곳에 신의 기개를 일으켜 세우고
코는 피투성이가 되어
일굴 한가운데에 버티고 있었구나
또 어느 날

나는 문명을 슬퍼했다네

시인이 설령 시인이라도/ 여전히 먹지 않으면 살 수 없는 정도로

그것은 비문화적인 문명이었어

그래서 나 같은 이도/ 시인과 변소 치는 일을 겸하고 있었지

나는 내일도 오물을 뒤집어쓰고

어제도 오물을 뒤집어썼지

詩는 오물의 나날들을 바라보며/ 피어오르는 아지랑이처럼 땀이 났다네

다네

아아

그런 불결한 생활에서도/ 나라고 칭하는 인간이 아등바등 살고 있듯이

이

소비에트 러시아에도

나치 독일에도

또 전차와 가미카제 호와 앙드레 지드에 이르기까지

문명의 어느 곳에나 인간이 버둥거리니

더럽다고 하기에는 이미 늦어버렸구나

코는 그럴듯한 태도로

생리적 전통을 뒤집어쓰고

다시 얼굴 한복판에 일어서 있네

(1937년 9월)

시의 창작 배경에 대해 바쿠는 다음과 같이 밝히고 있다.

「나는 어느 시간을 변소 치는 사람이 되어 살았다. 물론 좋아서 하는 일은 아니었지만, 자살할 예정이 없는 나로서는 뭐든지 할 수밖에 없었다. 인류는 코 같은 것을 가지고 있어서, 냄새나는 일이라 생각하지 않은 것은 아니었지만, 코를 어르고 달래서 오물을 퍼낼 수밖에 없었다. 얼마 지나지 않아 만든 시가 '코가 있는 결론'이다.」(「詩とはなにか」)

이 시에도 「머리로만 생각함」에 나왔던 '비문화적 문명'이라는 시어가 등장한다. 바쿠가 말하는 비문화적 문명이란 인간의 문화를 무시하고 태어난 문명, 예를 들면 독재적인 흐름을 보이기 시작한 사회를 나타내는 것은 아닐까?

시인은 매일 오물을 뒤집어쓰는 자신의 생활을 통해 자신의 코가 조롱당하고 있듯이 인간 사회도 마찬가지로 비문화적 문명에 조롱당하고 있지만 '이미 늦어버렸다'는 독자적인 문명론, 문화론을 전개한다.

가토 기요마사　加藤清正

피 거품을 토하며
어수선하게 호랑이해가 찾아왔구나
호랑이다/ 라고 하면
우에노 동물원과 호랑이 가죽과/ 호랑이 그 자체를 떠올리기보다
우선 가토 기요마사 그 사람이 떠오르지
그는 그 옛날
호랑이 사냥으로 사나이 면목을 확실히 세우고
이후
역사의 한구석을 빌려서
자신의 이름을 내걸고
호랑이가 있는 곳이면 어디든 찾아가서는 역사 위의 삶을 영위했지
그는 마치 동물원의 호랑이 사육사인 것처럼
언제나 기다리는 얼굴로 우리 옆에 서서
호랑이에게 생기를 던져주고/ 소년들에게 사랑을 받았지
그런데 이것은 올해 일이야
그날/ 동물원에는 나도 있었지
나는 소년들 너머로 ㄱ 근처에 데굴데굴 굴러다니는 육체들의 문명
을 보느라 넋이 빠져 있었고

드디어 소년들이 그곳을 떠나자

그 가토 기요마사가 말이야

내 어깨를 두드리고/ 내 정수리에 손바닥을 얹고/ 천천히 입술을 움직였어

낭패인걸/ 하고 그가 말했어

올해는 호랑이라서 곤란하게 되었네/ 라고 말했지

이것은 예상외로/ 그의 매너리즘에서 튀어나온 만큼/ 한층 역사적인 냄새가 나는 말이었어

그렇다 해도

그렇지만 그렇다 해도 나는 생각한 거야

역사상 저 멀리서 일부러/ 자기 자신을 쫓아서 호랑이를 쫓아서/ 동물원까지 찾아온 이 낡아빠진 인물에게까지/ 결국 시대의 모습은 반영된 걸까

호랑이가 나와서

가토 기요마사가 곤란해서는

호랑이 사냥을 하는 소년들이 낭패인걸/ 하고 나는 말했지/ 그러자 그는 주변을 둘러보고

슬픈 목소리로

옛날을 부르는 것처럼/ 그가 알지 못하는 호랑이들의 이름을 불렀어

스탈린

무솔리니

히틀러

그때
우리 안에서는
실눈을 뜨고 귀만 열고 있었지

(1938년 1월)

    이 시를 발표한 1938년은 호랑이해였다. '호랑이 가토'라고 불리는 가토 기요마사는 임진왜란 때 조선에서 호랑이 사냥을 한 것으로 유명한 장수이다. 시인은 심상치 않은 호랑이들의 출현으로 곤란해 하는 가토 기요마사를 통해 파시즘 체제로 들어서는 일본의 모습을 풍자한다. 시인이 보고 있는 것은 세상 밖에 있는 호랑이들, 스탈린, 무솔리니, 히틀러이다. 또한, 시인은 우리 안에서 실눈을 뜨고 귀만 열어놓고 있는 호랑이의 존재를 놓치지 않고, 호랑이 해가 온 것을 불길한 시대의 도래로 표현하고 있다. 바쿠의 시대에 대한 비판 정신을 느낄 수 있는 시이다.

누더기는 누워 있다 襤褸は寝ている

들개/ 도둑고양이/ 낡은 나막신들이
드나드는
밤의 밑바닥
한낮의 하늘에서 내려와
누더기는 누워있는
밤의 밑바닥
보면 볼수록 평평하게 되어 지구를 안고
누더기는 누워 있지
코를 고는 소리가 빛나는군
시끄러운 빛
눈부신 코골이
이윽고 그 근방에 모든 눈이 열리고
자갈/ 휴지/ 꽁초들/ 신사(紳士)인 신과 부처도 일어나지
누더기는 누워있는 밤의 밑바닥
하늘에 가득한 속세의 꽃
커다란 쌀알만 한 하얀 꽃

바쿠의 첫 시집인 『思辨の苑』(1938)의 권두에 실려있는 시이다. 누더기는 누더기를 입은 사람을 의미한다. 당시의 일본에는 실업자들이 많았고 오키나와에서 상경한 바쿠도 그중 한 명이었다.

　시인은 자신이 헤쳐나온 수많은 '밤의 밑바닥'과, 그곳에서 사는 인간의 비애와 절망을 해학으로 승화하고 있다. 시에는 '누더기는 누워있는 밤의 밑바닥'이라는 부분이 두 번 나온다. 누더기를 입은 시인은 밤의 밑바닥에서 자고 있는 것이 아니라 누워있을 뿐이다. 바닥에서 하늘을 올려다보고 있으니 보면 볼수록 평평해져 지구를 안고 있는 것 같다. 몸을 평평하게 하고 머리를 낮추고 지구를 안는 자세는 바쿠가 인생을 사는 자세이기도 하다. 그래서 버려진 누더기 같은 존재인 바쿠는 '커다란 쌀알만 한 하얀 꽃'을 그곳에 피울 수 있는 것이다.

날씨 日和

아버지는 뭐하시냐고 물었더니
끌고 가신다고 그녀는 말했다
순사인가 생각하고 있었는데
끌고 가지만 우리 아버지는 인부는 아니야 라고 그녀는 말했다
끌고 가지만 인부는 아니다
순사도 아니었구나
도대체 뭐 하시냐고 물었더니
인부를 많이 끌고 가신다고 한다
그렇지만 그녀의 아버지는 도로 옆에 서서
인부들이 하는 일을
보기만 한다고 그녀는 말했다
인부 감독이겠지 라고 하니
몸부림치면서 그녀는 말했다
너도 우리 아버지에게
일자리를 부탁해 하고 말했다
잠자코 있었더니
말을 하라고 하고
말을 하려고 하니 말을 자르고

바로 덤벼든다
어차피 일자리를 원하도록 언제나 내 배는 비어있지만
남자 같은 여자를
애인 비슷하게 해버린 건 생전 처음이구나
너라니 하고 고함치니
너 말하는 거잖아 뭐! 라고 하고
여자 주제에 뭐야 하고 소리 지르니
백수 주제에 뭐! 라며 달려든다

(1939년 4월)

    시를 발표할 당시, 바쿠는 36세였다. 발표 2개월 후인 6월에는 처음이자 마지막으로 정규 직원(동경 직업소개소)이 되었다. 그러나 시에 등장하는 여성은 내용으로 봐서 부인인 시즈에 씨가 아닌 것으로 추정된다. 시즈에 씨의 부친은 초등학교 교장이었으니, 시의 장면은 바쿠가 결혼(1937년 12월)하기 훨씬 전의 시점인 것 같다.

종이 위 紙の上

전쟁이 일어나자
날아오르는 새들처럼
일장기는 날개를 펼치고 전부 날아올랐지

한 마리의 시인이 종이 위에서
무리 지어 날아가는 일장기를 올려다보고
다 다
다 다/ 라고 외치고 있네
발육부전인 짧은 다리/ 꺼진 배/ 들지 못할 만큼 커다란 머리
지저귀는 무기 떼를 바라보고는
다 다
다 다/ 외치고 있네

다 다
다 다/ 라고 외치지만
언제쯤이면 '전쟁'을 말할 수 있을까
가엾은 육체
더듬거리는 사상

마치 사막에 있는 것 같구나
잉크에 목마른 목을 움켜쥐고 뜨거운 모래 위를 비틀거리네
한 마리 커다란 혀쨀배기
다 다
다 다/ 외치고는
날아오르는 무기 떼를 보고
무리 지어 날아가는 일장기를 보고는
다 다
다 다/ 라고 외친다네

(1939년 6월)

130

이 시가 수록된 바쿠의 두 번째 시집 『山之口貘詩集』은 일본의 진주만 공격이 있기 1년 전인 1940년 12월에 간행되었다. 군부의 검열이 심했던 시기였다. 그런 시기에 바쿠는 반전시라고 말할 수 있는 시를 발표했고, 인용부호를 사용해 이 시가 '전쟁'에 관한 시라는 것을 표현했다.

시 속에 나오는 '다 다'의 해석에 관해서는 총소리, 아기들이 옹알이는 소리, 혀짤배기소리 등의 견해가 있지만, 원어 그대로 어감을 살리는 것이 시 이해에 도움이 될 것 같아 번역 없이 그냥 음만 옮겨 놓았다. 반전을 이야기만 해도 투옥당하는 사회는 마치 사막과 같아서 시인은 혀짤배기처럼 말을 더듬어 버릴 수밖에 없다. '다 다'라고 밖에 말할 수 없는 가엾은 육체와 더듬거리는 사상이긴 하지만, 전쟁을 혐오하는 바쿠의 의사가 충분히 전해지지 않는가.

탄흔 彈痕

아파트 이 층의 일 실(一室)에는
잘 숨어있는 여자가 한 마리 있었어
주인은 우뚝한 코에 거무스름하지만 안경과 반지가 번쩍이는 신사였
지
코가 우뚝한 신사는 카부토쵸*에서 왔고
그의 하루는
밤을 저쪽 집으로 옮기고
낮을 이쪽 이 층으로 가져와서 온종일 여자를 길들였고
그들의 방이 그렇고 그런 방이어서 둘이 그곳에 있는 동안은
대낮에 자물쇠를 걸고 없는 척했지
채소 사세요
가 오면 자물쇠를 풀고
쌀 사세요
가 오면 자물쇠를 풀고
일일이 자물쇠를 풀고는 코를 내놓고 바로 다시 집어넣고 자물쇠를
걸었지
아주 대먹지 않은 방이었지만
아닌 척하고 있던 어느 하루

밖에서는 화약 냄새가 요란했다네
코가 우뚝한 신사는 자물쇠를 열고 밖으로 나왔지만 그냥 그대로 가
버렸고
이내 방에서는 소리들이 일어나서 허우적거렸지
그을린 세기(世紀)와
그을린 하늘
우뚝 코씨는 이제 돌아오지 않는다네
그곳에 우뚝 서 있는 불쌍한 아파트
아파트 옆구리에 움푹 팬 구멍 하나
거기서 흘러내리는 식기와 보자기
거기서 비어져 나온 찬장과 여자

(1939년 7월)

*동경의 동네 이름

야마노구치 바쿠의 후원자이자 벗이었던 시인 가네코 미쓰하루는 이런 글을 남겼다.

　「내가 정면으로 부딪치는 항의의 시를 적으면 바쿠 씨는 일상 속의 유머로 반전(反戰)을 가탁한다. 바쿠 씨의 반전 이데올로기는 반전이 바로 호전(好戰)으로 바뀌는, 이데올로기를 위한 이데올로기가 아니라, 인간의 본심에 뿌리를 내리고, 그라는 개인이 일으킨 것이었다. 그래서 바쿠 씨의 시는 전부 반전시(反戰詩)라고 볼 수가 있다. 보이지 않는 줄이 모든 것을 반전으로 연결하는 것을 볼 수 있다. 그러나 바쿠 씨에게 있어서 반전은 전부가 아니다. 인간이 전부이다.」(「貘さんのこと」)

상행열차　上り列車

이게 이렇게 된다고 이리하지 않으면 안 된다고
이게 이렇게 되면 이리될 거니까
이렇게 되지 않으면 거짓말이라고
형은 변함없이 이론만 내세우지만
마치 옛날이 그곳에 있는 것처럼
그리운 이론가 형이었네.
이론가는 계속 부르고 있었지
사부로
사부로/ 라고 부르고 있었지
나는 자신이 사부로인 것을 몇 년이나 몇 년이나 잊고 있었어
어쩌다 보니 이론가는 또
바쿠
바쿠/ 라고 부르고 있네
나는 마치 내가 둘인 것처럼
바쿠라 부르면 시인이 되고
사부로라 부르면 동생이 되었지

여행은 그곳에 향수(鄕愁)를 벗어 던지고

반점 모양으로 얼어붙은 눈을 걸치고
왔던 길에서 흔들리고 있구나

(1939년 3월)

시에 등장하는 '형'은 화가인 큰형 야마노구치 시게노부이다. 바쿠
보다 10살 연상이었는데, 패전한 해인 1945년 11월 영양실조로 세상을
떠났다. 형이 언제 상경했는지는 확실하지 않다. 바쿠의 수필 「裝幀
の悩み」에는 큰형에 대한 이야기가 등장한다.

「형은 무명화가로 초등학교 교사였다. 『思辨の苑』이 나왔을 때 제
일 먼저 기뻐해 준 것이 이 형인데, 부모님으로부터 나를 감싸고, 지
도편달했기 때문이다. 게다가 서시(序詩)와 서문을 적어 준 사토 하
루오, 가네코 미쓰하루 씨와 나란히, 표지 그림 야마노구치 시게하루
라고 형 이름이 적혀있었기 때문에, 유명인과 이름을 나란히 한 것을
형은 아주 명예롭게 느꼈다.」

꿈을 꾸는 신   夢を見る神

만약에 다시 태어난 거라면
조각가가 되어보고 싶다는 소설가

만약에 다시 태어난 거라면
생식기인 체라도 하겠다는 연애

만약에 다시 태어난 거라면
쌀이 되고 싶다는 위장

만약에 다시 태어난 거라면
나치/ 가 될까/ 소련/ 이 될까/ 어느 쪽이 될 건가/ 스페인인가

만약에 다시 태어난 거라면
무엇이 되든 제 미음이지만
만약에 다시 태어난 거라면 무엇이 되어도 괜찮은 건지
어느 시대의 한 모퉁이를 부수고 신이 알지 못한 문화가 나타났구나
항금색 소련
황금색 나치

황금색 쌀
황금색 조각가
황금색 생식기

아아
문명들은 어느새
환생 장치를 가진 새로운 육체를 발명한 건가
신은 향수(鄕愁)에 놀라 일어나
지구 위에 턱을 괴었다

그 근처에 퍼덕이는 무수한 가정(假定)
그 근처를 기어 다니며 피 소리를 내는 무수한 기계

(1939년 3월)

이 시가 1940년에 간행된 시집에 있었다는 사실이 놀랍다. 시인은 당시의 모든 정치와 사상이 정당화하고 있던 전쟁을 지구 위에 '퍼덕이는 무수한 가정'과 지구를 '기어 다니는 피 소리를 내는 무수한 기계'로 표현하고, 전쟁을 강렬하게 부정하는 태도를 니다닌다. 바구의 반전시로 잘 알려진 '종이 위'보다 더 직관적으로 반전의 사상을 드러내고 있는 시이다. 바쿠는 정치가와 과학자가 세상을 바꾸려고 해서 시대와 사회에 위기가 도래한 것에 대해 경종을 울리고 있다.

결혼하기 좋은 날 友引の日

아무튼 내 결혼이라서
그런가 결혼한 건가 그런가
결혼한 건가 그런가
그런가 그런 건가 끄덕이면서
해바라기처럼 피어있는 눈이 있구나
아무튼 내 결혼이라서
지참금은 듬뿍 받았느냐며
그곳에서 벌어진 두꺼운 입술도 있구나
아무튼 내 결혼이라서
양식이 떨어지면 헤어질 작정으로 결혼한 거냐며
벌써 염탐하러 온 얼굴이 있구나
아무튼 내 결혼이라서
여자가 옆에 있는 동안은 얻어먹을 수 있다더라며
딴 쪽을 보며 냄새 풍기는 사람도 있구나
아무튼 내 결혼이라서
찢어지게 가난하게 피어난 건가
여기저기 흐드러지게 피어있는
와글와글 와글와글

와글와글한

이 세상 기우(杞憂)의 꽃들이구나

(1940년 7월)

이 시의 원제목은 '友引の日'이다. 도모비키(友引)는 길흉의 기준이 되는 여섯 날 중 하루이다. 친구를 끌어들인다는 의미여서 결혼식을 하기에는 길일이지만, 장례식을 하는 것은 꺼리는 날이다.

가난한 시인의 결혼식에 온 하객들은 궁금한 것이 많다. 신부는 어떤 여자인지, 앞으로 뭘 먹고 살아갈 것인지 흥미진진해 하며 이래라저래라 마음대로 떠들어대고 있다. 하지만 시인은 그들에게 고마움노, 반감도 나타내지 않는다. 염치없게 느껴질 정도로 '내 결혼, 내 결혼'이라는 문장을 반복하며, 하객들을 쓸데없는 걱정을 하는 '기우의 꽃'으로 비유한다. 그토록 바라던 결혼을 하게 되어서 기뻤던 것일까? 결혼하기 좋은 날(손 없는 날)이라는 제목이 재미있다.

결혼 結婚

詩는 나를 보더니
결혼 결혼하며 계속 울어댔다
생각건대 그즈음의 나는
결혼이 정말 하고 싶었지
이를테면
비 맞았을 때
바람이 불 때
죽고 싶어졌을 때처럼 세상에 여러 상황이 있다고 해도
그곳에 내가 있을 때는
결혼에 대해 잊을 수가 없었지
詩는 언제나 발랄하게
내가 있는 모든 곳에 쫓아와서
결혼 결혼하며 울어댔지
결국 나는 결혼을 해버렸고
詩는 전혀 울지 않게 되었네
이제는 詩와는 다른 것이 있어서
때때로 내 가슴을 긁어대고는
장롱 뒤에 웅크리고 앉아

돈이
돈이 하며 울어댄다네

(1939년 9월)

바쿠는 1937년 12월에 신주쿠의 한 중국집에서 교장 선생님의 딸인 미쓰에와 결혼식을 올렸다. 결혼할 당시에는 박봉이기는 하지만 월급도 받고 있었는데, 결혼 직후 갑자기 회사가 도산하는 바람에 또다시 실업자가 되어 버렸다. 그토록 원했던 '결혼'이 현실이 되었을 때 시인에게 닥친 것은 가슴을 긁을 정도로 마음을 괴롭히는 '돈'이었다. 돈이 없어 아무 준비도 못 한 채 새해를 맞이하게 된 바쿠의 아내는 울기만 했다고 한다.

추억　思ひ出

마른 잔디 같은 저 턱수염이여
꼬불꼬불한 저 삶이여
생각해 보니 나를 꽤 닮은 詩로구나
룸펜 하다가
책방 짐꾼
룸펜 하다가
난방기구 만드는 사람
룸펜 하다가
뜸 뜨는 사람
룸펜 하다가
변소 치는 사람
세상의 코를 깔보고 세상의 마음을 진흙탕으로 만들며
詩는
그날 그날을 연명해왔지
생각해 보니 나를 꽤 닮은 詩로구나
어디서 찾아낸 건지
詩는 결혼 생활을 물고 왔네
아아

생각하니 하나부터 열까지 나를 많이 닮은 詩가 있구나
詩의 입술에서 반짝이다 사라지는
이바라기 출신의 아내여
오키나와 출신의 백수여

(1940년 1월)

야마노구치 바쿠의 첫 시집인 『思辨の苑』은 결혼 다음 해인 1938년
에 출간되었다. 그다음 해에는 동경 직업소개소에 정식으로 취직되
어 생활도 안정을 찾게 되었다. 그래서인지, 이 시에서 바쿠는 자신의
인생을 되돌아보고, '생각해보니 나를 꽤 닮은 시'라는 말로 자신의
시를 평가하고 있다.

지금까지 전전해 온 직업들과 방랑 체험이 자신의 시의 원천임을
확인한 시인은 한 번도 입 밖으로 꺼내어 말한 적이 없었던 고향의
이름, '오키나와'를 비로소 입에 올린다. 결혼과 가정, 중일전쟁이라
는 급변하는 시대 상황이 의식의 변화를 이끌어낸 것일까? 이후의
시에서 바쿠는 '오키나와', '류큐'라는 자신의 출신을 숨기지 않고 명
확하게 표현하고 있다.

숯 炭

숯 가게에 숯을 사러 갔지
숯 가게 아저씨는 숯이 없다고 하는군
조금이라도 괜찮으니 나눠달라고 하니
있으면 좋겠지만 조금도 없다고 하는군
그렇지만 이제 막 숯 더미에서 나온
시커먼 손발과
시커먼 얼굴이라네
없다면 어쩔 수 없지만
그래도 어떻게 좀 안 되겠느냐고 해도
어찌할 도리가 없다고 하니
어찌할 도리가 없는 아저씨구나
마치 겨울을 방해하듯이
없다 없다는 말만 하고
시세(時勢) 한가운데에 가로막고 선
시커먼 손발과
시커먼 얼굴이라네

(1940년 3월)

1939년 12월 25일, 목탄의 배급제가 시행되었다. 시(詩)는 배급제도가 사람들의 생활에 어떤 영향을 주었는지 잘 보여준다. 이 시가 만들어졌을 때는 물건들이 상점 앞에 진열되지 않고 어딘가에 숨겨져 있어, 있기도 하고 없기도 한 그런 애매한 상태였다. 그런 때에 바쿠가 숯을 사러 간 거다. 숯 가게 아저씨는 숯이 없다고 하고 시인은 있다고 생각한다. 도대체 숯은 있는 건지, 돈을 더 주면 살 수는 있는 건지, 돈이 있어도 안면이 없으면 살 수 없는 건지 알 수가 없다.

　이것에 대해 시인인 이토 신키치(伊藤新吉, 1906-2002)는 '두 사람의 흥정에 시의 흥취가 있다고 해도 좋지만, (중략) 작가는 같은 말을 반복하고 비슷한 말을 되풀이해서 떨떠름한 느낌을 만들고 있다'고 평했다. (「山之口貘」)

　숯 가게 아저씨의 검은 손발과 얼굴은 중일 전쟁과 세계 2차대전이 만들어 내는 시대의 검은 그림자이기도 하다.

다다미 疊

아무것도 없던 다다미 위에
여러 가지 물건이 나타났다
마치 이 세상 여러 모습의 문자들이
목이 터져라고 詩를 불러서
백지 위에 나타난 것처럼
피가 나도록 소리 질러
결혼 생활을 부르고 불러서
남편이 된 내가 나타났다
아내가 된 여자가 나타났다
오동나무 장롱이 나타났다
주전자와
화로와
경대가 나타났다
냄비와
식기가
나타났다

(1940년 5월)

시인이 느낀 결혼의 기쁨이 나타나 있는 시이다. 바쿠는 결혼 당시의 사정을 다음과 같이 이야기했다.

「예물은 당시 돈으로 10엔을 주고, 나는 아무것도 받지 않는 것으로 했다. 미리 돈 한 푼 없는 시인이라는 것을 그쪽에 전해달라고 부탁했지만, 상대 쪽에서 이불도 두 사람 것을 준비해놓았다는 말을 전해 듣고 안심하고 몸만 가지고 결혼 생활에 들어간 것이다.」(「貧乏を 売る」)

「가네코 미쓰하루는 여러 모로 걱정을 해주어서 '결혼하게 되면 바쿠 군, 한 칸 방이라도 빌리지 않으면 안돼'라며 우시코미 구의 아파트 방 하나를 찾아낸 거다. 그런데 나는 그 방에 둘 것이 아무것도 없었다. 그래서 또 가네코 미쓰하루가 아들의 낙서가 남아있는 책상을 넘겨 주었다. 그리고 솜 넣은 잠옷 한 벌, 가네코의 아내가 방석 한 개를 만들어 주며 '좀 짧습니다만, 당분간은 이거로'라며 말을 덧붙였다. 그래서 내 물건은 좀 짧은 방석 하나와 물려받은 잠옷 한 벌과 작고 낡은 책상과 원고를 넣은 낡은 가방 뿐이었다. 이윽고 그 방에 그녀의 집에서 새 오동나무 장롱과 새 거울이 도착했다.」(「僕の半生 記」)

세상은 가지가지 世はさまざま

사람은 쌀을 먹지
내 이름과 이름이 같은
바쿠(獏)라는 짐승은
꿈을 먹는다고 하는군
양은 종이를 먹고
빈대는 피를 빨러 오지
사람 중에는 또
사람을 먹으러 오는 사람과 사람을 먹으러 가는 사람도 있지
그런가 하면 류큐(琉球)에는
움마 나무라는 나무가 있지
나무로서는 별로이지만 시인 같은 나무이지
언제나 무덤가에서
그곳에 찾아와 쓰러져 우는
슬픈 목소리와 눈물로 자란다는
움마 나무라는 색다른 나무도 있지

(1940년 5월)

1880년에 일본에 편입된 이래 오키나와는 차별과 편견 속에 방치되었고, 오키나와 사람들은 일본인과 같아지기 위해 자신들의 문화를 적극적으로 부정해왔다. 바쿠도 예외는 아니었다.

그런 상황 속에서 자신의 출신을 숨기고 외면하던 시인이 자신의 고향 류큐에 관해 이야기를 하기 시작한다. 류큐에는 움마 나무라는 색다른 나무가 있지만, 세상은 요지경이니 그것이 이상한 일은 아니라고 말한다.

움마 나무는 오키나와에서 자생하는 나무이다. 오키나와에서는 죽은 사람을 저 세상으로 무사히 보내기 위해 장례식 내내 여자들이 통곡하는 풍습이 있다. 일본하고 다른 풍습이지만, 사람이 쌀을 먹고, 양이 종이를 먹고, 빈대가 피를 빠는 것처럼 있을 수 있는 일이다. 다만 색다를 뿐이라고 시인은 담담하게 노래한다.

우치난츄(오키나와 사람)로서의 정체성을 확인해 가는 시인의 모습을 느낄 수 있다.

상(喪)이 있는 풍경 喪のある景色

뒤 돌아보니
부모다
부모의 뒤는 그 부모다
그 부모의 또 그 뒤가 또 그 부모의 부모이니
부모의 부모의 부모만이
깊은 옛날로 이어져 있구나
앞을 보니
앞은 자식이다
자식의 앞은 그 자식이다
그 자식의 또 그 앞이 또 그 자식의 자식이니
자식의 자식의 자식의 자식의 자식만이
하늘 저편 아스라이
미래의 끝으로 이어져 있구나
이런 풍경 속에
신의 바통이 떨어져 있다
피에 물든 지구가 떨어져 있다

(1957년 8월)

오키나와는 조상 숭배로 잘 알려진 지역이다. 오키나와 사람들은 죽은 사람의 영혼은 수호신이 되어 다시 돌아온다고 믿기 때문에 사후의 세계를 현세와 가까운 곳이라 생각했다.

시인은 과거에서 미래까지 뭔가가 이어져 있으며, 우리 앞에도 우리 뒤에도 우리가 있다고 이야기한다. 인간이 신의 바통을 이어주는 존재에 지나지 않는다는 인식은 근대적 자아와는 거리가 멀다. 이런 인식은 동시대의 일본 시인들에게는 찾아볼 수 없는 오키나와 사람의 감성일 것이다.

그런데 신이 맡긴 생명의 바통을 받아든 바쿠가 본 것은 피에 물든 지구였다. 바쿠는 왜 생사가 영원히 이어지는 장소를 피에 물든 지구라고 표현했을까? 2차 세계대전의 소용돌이로 빠져들어 가는 일본과 고향 오키나와의 피로 물든 미래를 예감이라도 한 것일까?

|부록| 『思辨の苑』 서시

사토 하루오(佐藤春夫)*

집은 없지만 정직해서 사랑할만한 청년이다
돈은 될 것 같지 않지만 시도 쓰고 있다
남쪽 고도(孤島)에서 올라와
동경에서 어슬렁거리고 있다. 바람처럼.
그 남자의 시는 나무를 울리고 지나가는 바람처럼 자연스럽다
절절하게 생활의 계절을 나타내고 단순해서 깊은 맛이 있는 것으로
생각한다.
누군가 아내가 되어줄 이는 없는가
누군가 시집(詩集)을 내어줄 사람은 없는가

* 일본의 시인·소설가·평론가이다. 20세기 전반 일본의 전통적·고전적
서정시의 제 1인자로 평가받는다. 평론·수필집·중국문학·한시(漢詩) 등
여러 방면에 조예가 깊었다.

|부록| 나의 처녀 출판

소리 내어 울다

야마노구치 바쿠

예전에 「무라사키」라는 잡지가 있었다. 국문학 관계의 잡지로 가끔 내 시를 실어주었는데, 편집장인 오자사 이사오 씨(小笹功)의 알선으로 시집 『思辨の苑』을 출판했다.

발행소는 무라사키 출판부로 칸다의 간쇼도 서점 안에 있었다. 시집의 권두에 사토 하루오, 가네코 미쓰하루 양씨의 서시, 서문을 실었다.

고향인 오키나와를 나와 16년 만의 일이고, 막 결혼을 한 무렵인 데다 태어나서 처음으로 손에 넣어 본 인세라는 돈이어서 그랬겠지만, 무엇보다도 우선 첫 시집이었다는 것이 나를 소리 내어 울게 한 것이었다.

여기서 펜을 내려놓고 "슬슬 또 시집을 내고 싶어지네"하고 옆에 앉아있는 아내에게 말했더니, 아내도 그때 일을 떠올렸는지 "시집을 내고 또 울어요"하고 말한다.

(「東京新聞」 1957년 12월 27일)

|야마노구치 바쿠 연보|

명치 36년 1903년

9월 11일 오키나와 현 나하 구에서 출생한다. 본명 야마노구치 주사부로(山之口重三郎).

대정 6년 1917년 14세

오키나와 현립 제1중학교 입학. 3학년 때 실연 등으로 고민을 하고, 그림과 시작(詩作)에 관심을 가진다.

대정 9년 1920년 17세

경제공황이 일어난다. 오키나와 산업은행 지점장이었던 아버지가 하던 가다랑어포 사업이 실패한다. 당시 지역 신문사에 시를 발표했는데, 류큐 신문에 게재된 항의시 「석탄」이 학교에서 문제를 일으킨다. 중학교 4학년으로 중퇴.

대정 11년 1922년 19세

상경. 처음으로 본토의 땅을 밟는다. 일본 미술학교에 적을 둔다.

대정 12년 1923년 20세

동경에서 생활하기가 어려워진다. 학비와 생활비로 고생할 때 관동대지진이 발생한다. 피해자들에게 무료로 제공되는 기차로 고향으로 돌아간다.

대정 13년 1924년 21세

시 원고를 들고 다시 상경한다. 그러나 대지진 후의 동경에는 일자리가 없어 귀향한다. 오키나와 본섬의 친척과 친구 집을 전전한다.

소화 2년 1927년 24세

세 번 째 상경. 직업을 구하지 못해 방랑 생활을 한다. 책 도매상, 난방 기구 만드는 일, 뜸 뜨는 일, 화물선 노동자, 약품 통신 판매원, 변소 치는 일 등을 하며 가난한 생활 속에서 시를 쓴다. 이때부터 야마노구치 바쿠라는 필명을 사용한다. 소설가 사토 하루오가 바쿠의 재능을 아껴 때때로 생활 지원을 해준다.

소화 8년 1933년 30세

시인 가네코 미쓰하루와 알게 되고, 교류를 시작한다.

소화 12년 1937년 34세

가네코 미쓰하루 부부의 중매로 이바라키 현의 초등학교 교장 딸인 야스다 시즈에와 결혼한다. 신주쿠의 아파트에서 신혼 생활을 시작한다.

소화 13년 1938년 35세

첫 시집 『思辨の苑』이 간행된다. 사토 하루오, 가네코 미쓰하루의 서문을 싣는다.

소화 14년 1939년 36세

동경부 직업소개소에 취직.

소화 15년 1940년 37세

12월 『山之口貘詩集』이 간행된다.

소화 16년 1941년 38세

6월 장남 시게야(重也) 탄생

소화 17년 1942년 39세

7월 장남 사망

소화 19년 1944년 41세

3월 장녀 이즈미(泉) 탄생. 12월에 2차 대전이 발발한다. 처의 친정이 있는 이바라기로 가족을 피난시킨다.

소화 23년 1948년 45세

3월 일가가 다시 동경으로 돌아온다. 네리마 구로 이사. 이후 계속 이곳에 살게 된다. 10년 가까이 근무한 직업소개소를 그만두고 문필 생활을 시작한다.

소화 33년 1958년 55세

『定本山之口貘詩集』이 간행된다. 11월, 34년 만에 고향 오키나와로 돌아간다. 체재 중에 각 학교를 돌면서 강연을 한다.

소화 34년 1959년 56세

『定本山之口貘詩集』이 제2회 다카무라 고타로 상(高村光太郎賞)을 수상한다.

소화 38년 1963년 60세

3월 14일 위암으로 동경 대동병원에 입원한다. 4개월의 투병 끝에 1월 19일 영면. 오키나와 타임스 문화상을 수상한다.

소화 39년 1964년

12월, 유고 시집 『鮪に鰯』이 간행된다. 야마노구치 바쿠의 묘는 지바 현 마쓰도 시 (千葉県松戸市)에 있다.

「ダルマ船日記」 『中央公論』　1937년 12월호

「詩人の結婚」 『中央公論』　1942년 6월호

「野宿」 『群像』　1950년 9월호

「夏向きの一夜」　都響労働新聞　1950년 8월 10일

「詩とは何か」　全響新聞　1958년 9월 7일~9월 21일

「貧乏を売る」　小説新聞　1958년 12월호

「僕の半生記」　沖縄タイムス　1958년 11월 25일~

12월 14일

「装幀の悩み」　図書新聞　1959년 6월 30일

「おきなわやまとぐち」　朝日新聞　1962년 3월 30일

「貘という犬」 『山之口貘全集』　第2巻　思潮社　1975년

「私の青年時代」 『山之口貘全集』　第3巻　思潮社　1976년

|시집 · 참고 문헌

시집

『思辨の苑』 むらさき出版部　1938년

『山之口 貘詩集』 山雅房　1940년

『定本山之口貘詩集』 原書房　1958년

참고 문헌

『山之口貘沖縄随筆集』　平凡社　2004년

茨木のり子　『貘さんがゆく』　童話屋　1999년

井川博年　『永遠の詩·山之口貘』　小学館　2010년

山之口泉　『父、山之口貘』　思潮社　2010년

仲程秋徳　『山之口貘·詩とその軌跡』法政大政出版部　2012년

松島浄　『沖縄の文学を読む』　脈発行所　2013년

편역자에 대해

　조문주는 부산대학교 일어일문학과를 졸업하고, 일본 바이코가쿠인 대학교에서 문학박사 학위를 받았다. 일본에서 법무성 법정 통역인, 국제고등학교 한국어 교사 등을 지냈다.

　저서로는 『영화인문학 산책』, 『처음 만나는 북유럽 동화』(공저) 등이 있고, 일역서(日譯書)로 『シンバラム経営がもたらした奇跡』이 있다. 주요 논문은 「平家物語の建春門院造形」, 「平家物語の建春門院像」, 「延慶本平家物語の政政造形」, 「平家物語の藤原成親像」 등이 있다. 기고문으로 「류큐 민족의 자연과 신화, 흔들리는 정체성」, 「아이누 민족, 차별의 역사와 저항의 문학」이 있다.

　일본 문학과 문화에 대해 연구와 집필을 하고 있으며, 시민을 대상으로 인문학 강좌를 진행하고 있다. 창원대학교와 해군 사관학교, 문성대학교 등에서 강의했으며 현재 창원대학교에 출강 중이다.

야마노구치 바쿠 시집

잘난 척하는 것 같습니다만
나는 가난뱅이랍니다

초판 발행일   2015년 4월 19일

지은이   야마노구치 바쿠
편역/해설   조 문 주
펴낸이   신 재 원
펴낸곳   좋은책
출판등록   제567-2015-000010호
주소   경남 창원시 성산구 원이대로 883-2
홈페이지   http://cafe.daum.net/GOODBOOKS
이메일   17mjcho@daum.net

ISBN   979-11-955070-2-3 03830(종이책)
            979-11-955070-0-9 05830(전자책)

이 도서의 국립중앙도서관 출판예정도서목록(CIP)은 서지정보유통지원시스템 홈페이지(http://seoji.nl.go.kr)와
국가자료공동목록시스템(http://www.nl.go.kr/kolisnet)에서 이용하실 수 있습니다.
(CIP제어번호 : CIP2015011484)